ARTAXERCE,

Tragédie,

PAR M. DELRIEU;

Nouvelle Édition.

Prix : 3 francs.

PARIS. — IMPRIMERIE DE CASIMIR, RUE DE LA VIEILLE-MONNAIE, N° 12.

ARTAXERCE,

Tragédie en cinq actes,

PAR M. DELRIEU,

REPRÉSENTÉE POUR LA PREMIÈRE FOIS, A PARIS,
SUR LE THÉATRE-FRANÇAIS, LE 30 AVRIL 1808,
ET REPRISE AU MÊME THÉATRE LE 7 MARS 1827.

Nouvelle Édition,
Revue, corrigée, et seule conforme à la représentation;

SUIVIE

D'UNE ÉPITRE A TALMA.

Est et fideli tuta silentio
Merces.　　　　HOR.

A PARIS,

CHEZ BARBA, ÉDITEUR, COUR DES FONTAINES, N° 7;

ET AU MAGASIN DES PIÈCES DE THÉATRE,

Palais-Royal, derrière le Théatre-Français, n° 51.

1827.

ARTAXERCE,

TRAGÉDIE.

PERSONNAGES.

ACTEURS.

ARTABAN, capitaine des gardes de Xercès, président du conseil. — MM. Desmousseaux.

ARTAXERCE, fils de Xercès, prince et ensuite roi de Perse. — Delaistre.

ARBACE, fils d'Artaban, généralissime des armées persanes. — Victor.

CLÉONIDE, premier ministre et favori de Xercès. — Dumilatre.

MÉGABISE, ami d'Artaban, capitaine des gardes d'Artaxerce. — Saint-Aulaire.

MANDANE, sœur d'Artaxerce, promise à Arbace. — Mlle Bourgoin.

Deux officiers. Grand-pontife. Mages. Gardes du trône. Gardes du conseil. Soldats. Peuple.	Personnages muets.

La scène est à Suze.

Le théâtre représente la salle du conseil ; à droite l'appartement de Xercès ; à gauche celui d'Artaxerce. Un siége de chaque côté. Le fond est fermé par un rideau qui couvre un autel où brille l'image du soleil.

Nota. Les acteurs sont inscrits en tête de chaque scène, tels qu'ils doivent être placés au théâtre ; le premier inscrit tient la droite.

ARTAXERCE,

TRAGÉDIE.

ACTE PREMIER.

Au lever de la toile, Artaban, rêveur, est assis sur l'avant-scène, à
droite ; Mégabise entre mystérieusement par le fond, à gauche.

SCÈNE I.

ARTABAN, MÉGABISE.

MÉGABISE.

Dans ce lieu redouté, malgré l'ordre du roi,
En secret, oses-tu m'appeler près de toi ?
Cher Artaban ! tu sais à quel sort je m'expose !
Si j'étais rencontré par Xercès....

ARTABAN.

Il repose !...

(Se levant et à demi-voix.)
Écoute, Mégabise ! écoute et ne crains rien.
Je veux t'ouvrir mon cœur ; tu m'as ouvert le tien.
Rappelle-toi ce temps où ce peuple indomptable,
Le Parthe, à nous combattre ardent, infatigable,
Instruit de nos revers dans la Grèce essuyés,
Apporta le ravage aux Perses effrayés.
Sur les débris fumans de nos cités désertes,
Le farouche Pharnace insultait à nos pertes.
Je parais, je l'attaque.... Il s'enfuit devant moi !
Loin de la Perse, alors, que faisait le grand roi ?

D'innombrables soldats quand sa flotte chargée
Prodigue la menace à la Grèce assiégée,
Devant quelques vaisseaux, ce fier tyran des mers
Recule, et de sa fuite étonne l'univers !
  Vaincu, chargé d'opprobre, encor tremblant peut-être,
Ce lâche en son palais eût-il pu reparaître,
Si, tandis qu'il fuyait, sur les mers, loin de moi,
Pour lui trop généreux, au salut d'un tel roi,
Mon bras n'eût immolé le mage * dont l'audace,
De Xercès fugitif publiant la disgrâce,
Suscitant contre lui les prêtres, les soldats,
Se vantait hautement d'envahir ses États ?
  Il revint. A ses yeux, pour mon premier hommage,
Je courus présenter la tête de ce mage.
C'est alors que Xercès jura que nul rival,
Ici, ne marcherait désormais mon égal !
Il a tenu parole ; et ma faveur m'étonne.
Seul, je garde aujourd'hui son palais, sa personne !
Comblé de ses bienfaits, ami, jusqu'à ce jour,
Grâce à lui, je me vois tout-puissant à sa cour.
J'y commande ; j'y règne ! En vain ce Cléonide,
Ministre ambitieux, adulateur perfide,
Osa me disputer le cœur du roi des rois ;
A l'armée, au conseil, seul, je dictai des lois !
  Le Parthe reparut : sujet encor fidèle,
Je m'offris pour cueillir une palme nouvelle.
Mais Xercès, en moi seul voyant sa sûreté,
Se serait cru perdu si je l'eusse quitté.
Je restai près de lui.... Pour combattre à ma place,
Le roi, suivant mes vœux, ayant fait choix d'Arbace,

* Smerdis.

Promit que de mes soins je recevrais le prix,
Et que sa fille enfin s'unirait à mon fils,
Si, se montrant par là digne d'un tel salaire,
Il rendrait du Persan le Parthe tributaire.

    Que ne peut un héros par l'amour enflammé !
Épris de la princesse, et sûr d'en être aimé,
Arbace part, combat, et fait rendre les armes
Au Parthe si long-temps objet de nos alarmes.

    Tu penses qu'aujourd'hui, réservant au vainqueur
Son salaire honorable et si cher à son cœur,
Ce roi, fier d'adopter l'appui de sa famille,
Va tenir sa promesse et lui donner sa fille ?
Eh bien ! dès qu'il apprend que le Parthe est soumis,
L'ingrat ne songe plus à ce qu'il a promis.
C'est peu de rappeler Arbace ; il le condamne
A ne parler jamais de ses droits sur Mandane !
Il fait plus : écoutant la haine, le courroux,
Des hauts faits d'un soldat le monarque jaloux,
Loin de rendre justice au vengeur de la Perse,
Des lauriers de mon fils ceint le front d'Artaxerce !
Ce n'est pas tout : apprends, apprends à quels excès
L'orgueil, l'ingratitude ont pu porter Xercès !
Il ne se borne point, tremblant pour sa puissance,
A craindre dans Arbace un grand nom qui l'offense ;
Infortuné, banni, mon fils (je le prévois),
Seul, ira dans l'exil expier ses exploits !

MÉGABISE.

Tel est Xercès ! je suis un exemple moi-même
De l'abus que l'ingrat fait du pouvoir suprême.
    Il fuit ! il va périr ! je vole à son secours...
Eh bien ! il m'a puni d'avoir sauvé ses jours !

Je l'ai vu bien long-temps éviter mon approche.
Mon aspect de sa honte est encore un reproche !
De mon zèle envers lui pour me récompenser,
De sa présence enfin il ose me chasser !
J'aurais déjà sur moi vu fondre la tempête,
Si ton bras protecteur n'eût préservé ma tête.
D'un ami tel que toi je n'attendais pas moins.
Mon entier dévoûment est le prix de tes soins !
Fallût-il de Xercès renverser la puissance,
Parle, ordonne ; attends tout de ma reconnaissance !

ARTABAN.

Compte aussi sur ma foi !... Mais Xercès renversé
Par un autre aussitôt doit être remplacé.
J'ai fait choix d'un héros digne du rang suprême.
Il est jeune, vaillant !

MÉGABISE.

C'est ton fils ?

ARTABAN.

      C'est lui-même.
Il a sauvé l'empire ; il doit le gouverner.
Xercès veut le bannir ; il faut le couronner !
Je m'en charge. Mon fils de l'armée est l'idole.
A ses brillans destins moi-même je m'immole !
Au trône de Xercès le chemin que je voi,
Aplani pour mon fils, est escarpé pour moi.
De mes exploits passés le souvenir s'efface.
Tous les yeux, tous les cœurs se tournent vers Arbace !....
A ces puissans motifs je me rends aujourd'hui.
Je n'ai plus d'autre but que de régner en lui.
J'offre au Persan vainqueur un roi dont la vaillance
Légitime les droits, consacre la puissance !

MÉGABISE.

Xercès tombé, le peuple à sa chute applaudit.
Mais que nous fait sa mort, si son fils lui survit ?
Quand tu veux à ton sang assurer la couronne,
Laisseras-tu la vie à l'héritier du trône ?

ARTABAN.

Non ! si Xercès périt, Artaxerce aujourd'hui
Dans le même tombeau doit descendre avec lui.
Le dessein est hardi : c'est en toi que j'espère.
Veille bien sur le fils, je veille sur le père !
Tu m'entends ?

MÉGABISE.

Il suffit.

ARTABAN.

J'ai su tout préparer.
Le peuple est pour mon fils prêt à se déclarer.
J'ai su gagner tous ceux dont l'intérêt n'aspire
Qu'à voir, à leur profit, bouleverser l'empire ;
De mes vastes desseins aveugles instrumens,
Que je saurai briser, dès qu'il en sera temps !
Je leur ai peint l'État penchant vers sa ruine,
Et l'Asie expiant Platée et Salamine ;
Et ce grand roi, si fier de ses nombreux soldats,
S'arrêtant effrayé devant Léonidas !
Mais, parle sans détour : tu reviens de l'armée ?
Que dit-elle d'Arbace et de sa renommée ?
Je vais le voir ! Déjà Suze, sous ses remparts,
Voit de mon fils vainqueur flotter les étendards !
Il vient !... Puis-je, en ce jour, fonder quelque espérance
Sur l'esprit des soldats que guida sa vaillance ?

Le camp est sous nos murs ; les chefs te sont connus ;
Puis-je compter sur eux ?

MÉGABISE.

Compte sur Hélénus.

ARTABAN.

Et sur Nicanor ?

MÉGABISE.

Non. Tout entier à la brigue,
Sourdement, pour lui-même, il s'agite, il s'intrigue.
Né du sang de Cyrus, Nicanor, à son tour,
Au rang de roi des rois croit s'élever un jour.

ARTABAN.

Je le sais : son orgueil rêve le diadême.
L'imprudent agit moins pour lui que pour moi-même !
Il m'offre les moyens de rejeter sur lui
Les soupçons qui pourraient nous atteindre aujourd'hui,
Si quelque événement, à mes projets contraire,
Rendait à mon salut sa perte nécessaire.
    Et Xercès ? qu'en dit-on ?

MÉGABISE.

Xercès est abhorré !

ARTABAN.

Et mon fils ?

MÉGABISE.

Des soldats ton fils est adoré !

ARTABAN.

Les chefs....

MÉGABISE.

L'aiment aussi !

ARTABAN.

> Mardonius, Arsame,
Mennon, Narsès....

MÉGABISE.

> N'ont tous qu'un esprit et qu'une ame!
Pour porter à Xercès enfin le coup fatal,
Ils n'attendent de toi qu'un ordre et qu'un signal!

ARTABAN, avec feu.

Cours retrouver les chefs!.... Surtout de la prudence!
Que tous nos conjurés s'arment dans le silence!....
Cependant, pour Xercès il faut, en ce moment,
Affecter plus de zèle et plus de dévoûment.
Il m'a vu, jusqu'ici, flatter tous ses caprices,
Et changer en vertus même ses injustices.
Trompé par mon adresse, abusé par mes soins,
Il m'appelle souvent, m'entretient sans témoins.
A toute heure, à mon gré, je puis, seul et tranquille,
Pénétrer du palais le plus secret asile.
(Désignant l'appartement de Xercès.)
C'est là que chaque nuit je place, près du roi,
Sa garde, destinée à ne servir que moi!
Mais, dans l'ombre toujours la sagesse me guide.
J'observe ; je me cache aux yeux de Cléonide.
Affectant les dehors d'un zèle officieux,
Il cherche à me tromper ; je le trompe bien mieux!
Toutefois il me craint, me flatte, me caresse ;
Je le flatte à mon tour ! imite mon adresse.
Par le moindre soupçon, s'il paraît devant toi,
Tremble de lui donner des armes contre moi!

MÉGABISE.

De gardes entouré, Cléonide s'avance.

ARTABAN.

En déguisant ma haine, assurons ma vengeance !
(Cléonide, précédé de gardes, sort de l'appartement de Xercès.)

SCÈNE II.

CLÉONIDE, ARTABAN, MÉGABISE, GARDES.

CLÉONIDE.

Quand mon roi satisfait, du haut de ces remparts,
Contemple des vaincus les nombreux étendards,
Aux ordres de son père Artaxerce docile,
Sur son char de triomphe entre seul dans la ville.

MÉGABISE.

Seul, dites-vous ?

CLÉONIDE.

Oui, seul ; le roi le veut ainsi.

MÉGABISE.

Arbace à tant d'honneurs a quelques droits aussi.

ARTABAN, à Mégabise.

Mon fils ne voudra point, je connais sa prudence,
Opposer des succès aux droits de la naissance.
Arbace, né sujet, ne peut être honoré
Comme le fils d'un roi dans la Perse adoré.
D'Artaxerce à mon fils le trop grand intervalle
Entr'eux ne souffre point une gloire rivale.
Quand Arbace est vainqueur, ne lui suffit-il pas
Qu'un roi, pour le défendre, ait fait choix de son bras ?
Un guerrier, quel qu'il soit et quoi qu'il ait pu faire,
De sa gloire en son cœur doit trouver le salaire.

CLÉONIDE, à Artaban.

Pour votre souverain j'aime ce zèle ardent.
Arbace, ainsi que vous, se fût montré prudent,
Si d'un père chéri la sévère sagesse
Eût toujours réprimé le feu de sa jeunesse.
Mais il est loin de vous ; et sa témérité....

MÉGABISE.

Douteriez-vous, seigneur, de sa fidélité !
Ah ! croyez....

CLÉONIDE, à Mégabise.

Mon devoir me prescrit de vous taire
Ce que je viens ici révéler à son père.

ARTABAN.

A moi, seigneur ?

CLÉONIDE.

A vous, Artaban ! demeurez.
(A Mégabise.)
Laissez-nous.

MÉGABISE.

Quel orgueil !

ARTABAN, à Mégabise.

Arme nos conjurés ! (Mégabise sort.)

SCÈNE III.

CLÉONIDE, ARTABAN, GARDES.

CLÉONIDE.

L'accueil fait au vainqueur a droit de vous surprendre.
A le voir mieux traité vous deviez vous attendre.
Vos services, seigneur, l'éclat de vos vertus,
Aux bienfaits du monarque étaient un droit de plus.

Mais on a vu parfois l'ambition cruelle
D'un soldat triomphant faire un sujet rebelle.
Votre fils, devenu le plus grand des guerriers,
Peut, par la trahison, flétrir tant de lauriers.
Sans doute à l'accuser mon maître est trop facile;
Mais, alors qu'il craint tout, peut-il, d'un œil tranquille,
Voir s'avancer vers lui, du fond de ses États,
Ce colosse de gloire adoré des soldats?
Apprenez qu'aujourd'hui des chefs ont eu l'audace
De célébrer au camp le triomphe d'Arbace.
On dit qu'enorgueillis de leurs brillans succès,
Ils ont même parlé de détrôner Xercès!

(Artaban affecte l'indignation.)

Il en court mille bruits; et, si je ne m'abuse,
Ces complots odieux s'étendent jusqu'à Suze.
Dans l'ombre du mystère ils se trament encor.
J'ai bien quelques soupçons.

ARTABAN.

Sur qui ?

CLÉONIDE.

Sur Nicanor.

Dans le camp, sous nos murs, il nourrit l'espérance
De ressaisir un jour la suprême puissance.
Votre fils est l'ami de cet audacieux.
Que dis-je? Si, servant ce prince ambitieux,
Osant s'unir à lui dans ce dessein coupable,
Votre fils eût lui-même...

ARTABAN.

Il en est incapable !

Mon fils, formé par moi, connaît trop son devoir
Pour oser de son prince usurper le pouvoir.

Il sait qu'au champ d'honneur mon nom, jadis illustre,
De ma fidélité reçut un nouveau lustre ;
Et qu'insensible aux coups dont on veut l'accabler,
Par son obéissance il me doit ressembler.
   Arrêtons cependant un complot qui m'étonne.
De l'État et du roi le salut nous l'ordonne.

CLÉONIDE.

J'attends tout de vos soins dans ces extrémités.
C'est peu de voir au camp des soldats révoltés
Menacer du monarque et la vie et l'empire ;
Artaban ! apprenez qu'ici même on conspire.

ARTABAN.

Mais, des avis certains vous sont-ils parvenus ?

CLÉONIDE.

Oui : je tiens l'un des chefs.

ARTABAN.

                    Eh, qui donc ?

CLÉONIDE.
                         Hélénus.
On vient de l'arrêter.

ARTABAN.

                    Quel soupçon ! lui, rebelle ?
Hélénus, de mon roi le défenseur fidèle,
Pourrait-il être....

CLÉONIDE.

                    Il n'est qu'un agent corrupteur,
Un instrument du crime : un autre en est l'auteur ;
Un autre est accusé.

ARTABAN.

Qui?

CLÉONIDE.

Votre fils.

ARTABAN.

Arbace!
Qui l'accuse? Hélénus aurait-il eu l'audace...

CLÉONIDE.

Non! pour vaincre son cœur j'ai fait un vain effort.
Il me brave; il se tait, et méprise la mort.

ARTABAN, à part.

Dieux! (Haut.) Je le forcerai de rompre le silence!

CLÉONIDE.

Le roi veut qu'Hélénus, admis en sa présence,
Soit, en conseil secret, interrogé par vous.

ARTABAN.

Vous connaîtrez mon zèle à parer de tels coups.
La prudence, seigneur! est ici nécessaire.
Confiez-moi le soin de percer ce mystère.
    Mais, soupçonner mon fils et douter de sa foi!
Il est à son devoir fidèle, ainsi que moi.

CLÉONIDE.

Il revient : devant vous bientôt il va paraître.
C'est à vous de juger s'il est fidèle ou traître.
Songez que le roi veut qu'à ses ordres soumis,
Vous-même vous lisiez au cœur de votre fils.

ARTABAN.

Je révère un tel ordre. En cette circonstance,
Mon zèle doit répondre à tant de confiance.

Xercès me rend justice. Avec tranquillité,
Il peut se reposer sur ma fidélité.

CLÉONIDE.

Je vais dire à mon roi ce que je viens d'entendre.
A de nouveaux bienfaits vous devez vous attendre.
Il sait qu'en tous les temps vous l'avez bien servi.
Par des sujets ingrats quand il se voit trahi,
Que mon maître est heureux de retrouver le zèle
D'un guerrier si vaillant, d'un sujet si fidèle !
Je me rends au conseil, où le roi vous attend.
Hélénus y sera.

ARTABAN.

Je vous suis à l'instant.
(Cléonide sort, à droite, avec les gardes.)

SCÈNE IV.

ARTABAN, *seul.*

Qu'ai-je appris ? Hélénus dans les fers ! quel perfide
A pu sur mes projets éclairer Cléonide ?
En face d'un complice, au conseil, moi, siéger !
Sous les yeux de Xercès comment l'interroger ?
Ah ! s'il pouvait savoir que, juge en apparence,
Je demeure avec lui toujours d'intelligence !
Tâchons secrètement.... il n'a rien révélé.
S'il redoutait la mort, il eût déjà parlé !
Nicanor est suspect ! le soupçon qu'il excite
Dérobe à tous les yeux le coup que je médite.
C'est ce que je voulais ! Oui ! l'armée aujourd'hui
Ne balancera point entre mon fils et lui !
(Avec feu.)
Xercès accuse Arbace ?... O mon fils ! si l'armée,
Séduite par ta gloire et par ta renommée,

En secret eût voulu que le bandeau des rois...
Ah ! dieux ! s'il était vrai !!... c'est alors que je vois
Arbace heureux, marchant vers le but où j'aspire,
Tout couvert de lauriers, s'élever à l'empire !

(Il réfléchit.)

Arbace ?... Je connais sa vertu, sa fierté.
Par des scrupules vains je le vois arrêté !...

(Avec audace.)

Que dis-je ? en lui montrant et l'opprobre et l'outrage,
Osons, avec adresse, irriter son courage !
Soulevons dans son cœur, avec l'ambition,
La haine, la vengeance et l'indignation !
A l'affront qui l'attend s'il se montre insensible,
Pour le vaincre, il me reste un moyen infaillible !
Il adore Mandane ; on veut la lui ravir ;
Il vient la réclamer ; l'amour va me servir !
Allons ! à nos périls opposant notre audace,
Assurons, dans mon fils, cet empire à ma race !

(Il sort très-vivement par le fond, à droite.)

FIN DU PREMIER ACTE.

ACTE SECOND.

SCÈNE I.

ARTAXERCE, GRANDS DE L'EMPIRE, HÉRAUTS D'ARMES,
GARDES, SOLDATS.

ARTAXERCE.

Que j'aime ces transports, amis trop généreux !
Mais le roi veut en vain que je cède à vos vœux.
Du prix qui m'est offert ma vaillance flattée
Rejette une faveur qu'un autre a méritée.
On l'accordait au prince ; on la doit au soldat.
Le triomphe appartient au vengeur de l'État.
Ce vengeur est Arbace ! Heureux par sa victoire,
Je réclame pour lui les palmes de la gloire.
Indigné de l'affront que l'on fait au vainqueur,
Je viens dans ce palais, n'écoutant que mon cœur,
Défendre mon ami, désabuser mon père,
Et garder à l'État son appui tutélaire.

(Mandane entre à gauche.)

SCÈNE II.

ARTAXERCE, MANDANE, GRANDS DE L'EMPIRE,
HÉRAUTS D'ARMES, GARDES, SOLDATS.

MANDANE.

La victoire en ce jour, après tant de travaux,
Rend à Mandane un frère, à la Perse un héros !

Que j'aime à contempler le vainqueur de Pharnace,
Le soutien de l'empire et l'émule d'Arbace !
Il te suit ! et je touche au moment désiré,
Où Suze enfin verra ce guerrier admiré,
Joignant l'or de l'Indus aux trésors de l'Euphrate,
Triompher, en dépit de cette cour ingrate ;
Et suspendant sa foudre au temple de la paix,
Respirer, entouré des heureux qu'il a faits !
   On dit qu'à ton ami toi seul rendant justice,
Tu fais en sa faveur l'éclatant sacrifice
Des lauriers que ton bras moissonna près de lui.
Arbace est opprimé ; toi seul es son appui !
L'univers, admirant ta vertu, ton courage,
En répétant ton nom, redira d'âge en âge :
« Vive, vive Artaxerce ! il a sacrifié
« Les palmes du triomphe aux droits de l'amitié ! »

ARTAXERCE.

A mon ame étonnée épargne la louange.
On offense un soldat ; Artaxerce le venge.
Arbace est malheureux ; je le plains comme toi.
Mais je plains davantage et mon père et mon roi.
Loin du trône, où triomphe en paix la calomnie,
Toujours la vérité sera-t-elle bannie ?
   Apprends si le héros que l'on ose accuser,
Mérite les honneurs que j'ai dû refuser.
Rappelle-toi le jour où Tigrane et Pharnace,
Vainqueurs de tous nos chefs, mais vaincus par Arbace,
Virent leurs bataillons renversés, confondus,
Des plaines de l'Euphrate aux rives de l'Indus,

Fuir ; et dans les déserts de l'aride Hyrcanie,
Courir cacher leur rage et leur ignominie.
  Jeune, oisif, languissant dans un lâche repos,
J'entendis raconter les hauts faits du héros ;
Et soudain, abjurant ma honteuse mollesse,
Aux armes, aux combats exerçant ma jeunesse,
Sur les pas d'un ami, que je veux égaler,
Dans les champs de l'honneur je cours me signaler.
Ton frère, grâce à lui déjà cher à l'armée,
S'était acquis des droits à quelque renommée.
De sa gloire mon nom empruntait son éclat.
Le Parthe qui, toujours évitant le combat,
Et fuyant devant moi dans un désert sauvage,
Fatiguait mes guerriers et lassait mon courage,
S'arrête ; et, jusque-là fugitif, dispersé,
Présente à mes regards un bataillon pressé,
Qui, tout à coup cédant à son antique audace,
S'avance, et fond sur nous à la voix de Pharnace.
Par les cris du barbare, instruit de mon danger,
Mon intrépide ami, brûlant de me venger,
Dans les rangs que le Parthe oppose à son courage,
Sur les corps entassés s'ouvre un large passage.
Il me voit ! d'ennemis j'étais environné.
Le farouche Pharnace, à ma perte acharné,
Déjà tenait le fer suspendu sur ma tête :
Arbace le prévient, me dégage, l'arrête,
L'attaque, et le renverse expirant devant moi !...
Et je consentirais à triompher sans toi,
Arbace !... à ta valeur je dois plus que la vie ;
Et je pourrais te voir, victime de l'envie,
Après tant de hauts faits, au mépris réservé !
Par qui ? Par un ingrat que ton bras a sauvé !...

Ingrat? moi! Non, jamais! Dût en ce jour mon père
Me punir, m'accabler de toute sa colère,
Je lui désobéis; l'honneur m'en fait la loi;
Une gloire usurpée est indigne de moi!

MANDANE.

Que j'aime à voir un prince, au sein de la victoire,
Fidèle à l'amitié, modeste dans sa gloire,
Loin de s'enorgueillir d'un éclat séducteur,
Lui-même rendre hommage à son libérateur,
Et, faisant d'un vain faste un noble sacrifice,
Au séjour de l'envie écouter la justice!
Mais, ne puis-je savoir quel puissant intérêt
Fait subir au vainqueur un si cruel arrêt?
Quel injuste soupçon, quelle haine cruelle
Arme le roi des rois contre un guerrier fidèle?

ARTAXERCE.

On le craint, on l'accuse; ah! pour lui je frémis.
Il a dans ce palais de puissans ennemis.
Si j'en crois Cléonide, ici, dans le mystère,
Il existe un complot tramé contre mon père.

MANDANE.

Celui qui de lauriers voit son front couronné,
D'un si noir attentat serait-il soupçonné?
Il défendra mon père; et tu crains trop peut-être
Un bruit dans ce palais répandu par un traître,
Qui, rampant sous le roi, sourdement s'agrandit,
Et rêve des complots pour garder son crédit.

ARTAXERCE.

Un flatteur hautement ose accuser Arbace!
Son père souffre-t-il un tel excès d'audace?

Craint-il de démentir un bruit injurieux ?
N'oserait-il défendre un fils victorieux ?

MANDANE.

Réserver cet outrage à l'ami de mon frère !
Il m'aime! il t'a sauvé! peut-il trahir mon père ?

ARTAXERCE.

Des courtisans, d'Arbace ennemis déclarés,
Pour nous perdre tous deux nous ont-ils séparés ?
Serais-je auprès du roi calomnié moi-même?
Prêt à me dévouer pour un père que j'aime,
J'accours; et jusqu'à lui je ne puis pénétrer ?
(Il va pour entrer chez le roi; Cléonide en sort.)

SCÈNE III.

CLÉONIDE, ARTAXERCE, MANDANE,
SUITE DE CLÉONIDE, GRANDS DE L'EMPIRE,
HÉRAUTS D'ARMES, GARDES.

CLÉONIDE, à Artaxerce.

Aux regards paternels tremblez de vous montrer !

ARTAXERCE.

Moi !

CLÉONIDE.

Vous-même. Irrité d'un refus qui l'offense,
Xercès vous interdit son auguste présence,
Jusqu'au moment heureux où, cédant au devoir,
Au temple du soleil vous irez recevoir
La palme du vainqueur des mains de votre père.
(Artaxerce fait un mouvement d'improbation.)
Ne lui résistez plus, ou craignez sa colère!

« Qu'on renonce, a–t–il dit, au dangereux projet
« De me voir d'un regard honorer un sujet,
« Dont la fierté, déjà trop coupable peut-être,
« Ne peut s'accoutumer à fléchir sous un maître. »
Aux ordres de mon roi toujours obéissant,
Épouvanté, certain de son danger pressant,
Et redoutant pour vous le coup qui le menace,
Je vais prouver mon zèle en m'assurant d'Arbace.
                    (Artaxerce et Mandane frémissent d'indignation.)
Vous, tremblez pour un père, et songez qu'aujourd'hui
Un seul pas indiscret peut vous perdre avec lui.
                (Cléonide sort par le fond avec toute la suite.)

SCÈNE IV.

ARTAXERCE, MANDANE.

MANDANE.

Quel sinistre langage et quel affreux mystère!

ARTAXERCE.

Je crains pour mon ami! je frémis pour mon père!
Ses vils adulateurs, lui cachant le danger,
Écartent le héros qui seul peut le venger !

MANDANE.

Tes soupçons étaient vrais! n'en doutons plus, l'envie
Ose attaquer d'Arbace et l'honneur et la vie!
Son nom aux courtisans imprime la terreur.
Sa gloire les irrite; et leur lâche fureur,
Par une calomnie alarmant sa prudence,
Du monarque abusé réveille la vengeance !

ARTAXERCE.

Et je verrais mon roi, par leurs conseils trahi,
Captif dans son palais, de ses sujets haï,

Confiant la justice aux artisans du crime,
De leurs propres fureurs devenir la victime !
Il retient mes guerriers; j'irai les retrouver !

MANDANE.

Malgré ton roi, tu veux....

ARTAXERCE.

     Périr ou le sauver !
Je vois dans ce palais quel danger l'environne.
En défendant mes droits, je défendrai son trône !
(Il va pour sortir, et s'arrêtant.)
Que dis-je? impunément, au nom du roi des rois,
Je verrais l'imposture ici dicter des lois ?
En des climats lointains j'ai combattu Pharnace ;
Et lorsque, pour défendre et pour venger Arbace ,
Empressé, je reviens près d'un père chéri,
J'attendrais, pour le voir, l'ordre d'un favori ?
Non !... dût contre moi seul éclater sa colère,
Sur le bord de l'abîme il faut que je l'éclaire.
Allons : et de mon roi vengeant l'autorité,
Jusqu'à son trône enfin portons la vérité !
(Il entre chez le roi.)

SCÈNE V.

MANDANE, *seule.*

Artaxerce !... Il me fuit ! nul danger ne l'arrête !
Arbace ! c'est pour toi qu'il expose sa tête !
Contre tes oppresseurs il t'offre son secours;
Il ne peut oublier que tu sauvas ses jours !
 Cependant je crains tout du courroux de mon père.
(Allant vers Artaban qui entre par le fond , à droite.)
Ah! sauvez votre fils et rendez-moi mon frère!

SCÈNE VI.

ARTABAN, MANDANE.

ARTABAN.

Princesse! ainsi que vous j'aime Arbace, et je croi
Qu'il n'a point oublié ce qu'il doit à son roi.
Je connais ses vertus ; et peut-être il ignore
Ce complot odieux dont vous doutez encore.
Mais le roi le soupçonne ; il se croit en danger.
Prompt à calmer sa crainte, ardent à le venger,
D'un arrêt qui m'afflige approuvant la sagesse,
Je dois à son salut immoler ma tendresse.
Je remplis mon devoir. A mon prince soumis,
Je suis chargé par lui d'interroger mon fils.

(Mandane va pour parler.)

Il vient : éloignez-vous. D'un père qui vous aime,
Madame, respectez la volonté suprême.
Vous craignez pour mon fils! je ne puis oublier
Qu'il y va de ma gloire à le justifier.
A vos désirs, aux miens empressé de le rendre,
S'il est calomnié, je saurai le défendre,
Princesse! et si mon fils vous est cher.... Il paraît!
Gardez-vous de troubler cet entretien secret!

(Mandane sort, à gauche ; elle frémit à l'aspect d'Arbace, qui entre précédé
des chefs de son armée. Arbace, indigné, va en entrant vers Mandane, qui le
fuit et n'ose même le regarder.)

SCÈNE VII.

ARTABAN, ARBACE, CHEFS DE L'ARMÉE.

ARBACE, *courant dans les bras de son père.*
(Très-ému.)
Vous qui m'avez tracé le chemin de la gloire,
Vous m'offrez, dans vos bras, le prix de ma victoire !
Ah ! combien près de vous je bénis mon retour !
Quel plaisir pour mon cœur d'apporter, en ce jour,
La paix à mon pays, mes lauriers à mon père !
(A ses officiers.)
Magnanimes guerriers ! vous qu'une loi sévère
Bannit de ce palais et sépare de moi,
Cédez sans murmurer aux ordres de mon roi.
Quand le Parthe fuyait au fond de l'Hyrcanie,
J'étais loin de penser qu'ici la calomnie,
Dans l'ombre et le silence armant la trahison,
Eût osé contre Arbace éveiller le soupçon.
Mais mon âme est tranquille, et je rends grâce au zèle
Qui, dans tous mes dangers, près de moi vous appelle.
Mon père me suffit. Avec un tel soutien,
Fort de mon innocence, amis, je ne crains rien.
Laissez-nous...   (Les chefs sortent.)
(Très-vivement à son père.)
          Qu'ai-je appris ? O ciel ! puis-je le croire ?
Quoi ! la honte, l'exil sont le prix de ma gloire ?
Mon père ! hâtez-vous ! parlez ! expliquez-moi
Et tout ce que j'entends et tout ce que je voi.
On m'évite ? on me craint ? Un tel accueil m'étonne !
La princesse me fuit ! son frère m'abandonne !
Lorsque par ma valeur le trône est affermi,
Se peut-il que mon roi me traite en ennemi ?

ARTABAN, à demi-voix.

Écoute!... Profitons du moment qu'on nous laisse!
Par ta sincérité réponds à ma tendresse!
De l'orgueil de Xercès, du mépris de sa foi,
De l'affront qu'il te fait je souffre plus que toi.
Mais, quand sur un soupçon qui sans doute l'abuse,
Sa frayeur te rappelle et sa haine t'accuse;
Pour rassurer le roi, qui se croit en danger,
Dans ton propre intérêt je dois t'interroger.
De tant de bruits divers, parle; que dois-je croire?
On dit qu'enorgueillis de l'éclat de ta gloire,
Sous le sceptre d'un prince ingrat et sans vertus,
Tes soldats sont lassés de languir abattus.
On dit même, et mon cœur s'en est ému d'avance,
On dit qu'ils ont en toi placé leur espérance;
Qu'ils veulent qu'un héros, sur le trône élevé,
Gouverne seul l'État que son bras a sauvé.
Voilà ce que partout on se plaît à répandre!...
Mon fils! ce bruit flatteur n'a point dû me surprendre.
Mais, serait-il fondé? sois sincère; dis-moi
Ce que, dans ce moment, je dois penser de toi.

ARBACE.

Si l'envie à ce point a noirci mon courage,
Je ne m'étonne plus d'un accueil qui m'outrage.
On soupçonne mon zèle! Ah! vous me jugez mieux.
Mon père ne croit point à ce bruit odieux.
Je respecte mon roi jusque dans sa faiblesse.
En lui j'excuse même un soupçon qui me blesse.
Mais, lorsque tout conspire à me sacrifier,
Je ne m'abaisse point à me justifier!
Pour imposer silence à la haine, à l'envie,

Je pourrais retracer l'histoire de ma vie.
Arbace, injustement accusé par son roi,
Se tait, plaint son erreur et lui garde sa foi !...
De ses sujets ingrats Xercès me croit complice ?
Je suis sûr que son fils me rend plus de justice.
Il m'estime ; il le doit ; et son cœur irrité
Me venge d'un affront qui n'est point mérité.
Si d'un coupable espoir mon ame était séduite,
Aurais-je, au gré du roi, congédié ma suite ?
Aurais-je réprimé l'ardeur de mes guerriers,
Qui, voyant de mes mains arracher mes lauriers,
Et ne pouvant souffrir l'affront que je pardonne,
Parlaient de m'élever sur les débris du trône ?

ARTABAN.

Du trône ? Il est donc vrai ! tes soldats ont osé...

ARBACE.

J'ai puni le premier qui me l'a proposé !

ARTABAN.

Tu dédaignes l'empire où la gloire t'appelle ?

ARBACE.

A mon prince, à l'honneur, je demeure fidèle !

ARTABAN.

Ainsi l'ambition n'a sur toi nul pouvoir ?

ARBACE.

Je sais borner la mienne à remplir mon devoir.

ARTABAN.

Ton devoir te prescrit l'oubli de ton offense ;
Il est vrai : mais, honteux de son obéissance,

Si tout un peuple enfin, jetant les yeux sur toi,
Ainsi que tes soldats, te voulait pour son roi ;
Et moi-même, à regret dévorant ton injure,
Si ma fidélité cédait à la nature ;
Si, pour toi, la couronne eût séduit ma vertu ;
Si j'osais te l'offrir ; parle : que ferais-tu ?

ARBACE.

Moi, seigneur ?... en tremblant votre fils vous écoute !
Votre amitié pour moi vous égare sans doute !
Quel discours ? de Xercès, vous, le plus ferme appui,
Mon père ! vous m'offrez des armes contre lui !
Vous voulez m'éprouver ? ah ! sans nul artifice,
A mon zèle, à ma foi rendez plus de justice.

ARTABAN.

D'une telle vertu je ne suis point surpris.
A sa fidélité je reconnais mon fils.
Je voulais te sonder, pour m'assurer d'avance
A quel point nos deux cœurs seraient d'intelligence.
Certain que désormais rien ne peut t'ébranler,
Du malheur qui t'attend je puis donc te parler :
Apprends à quel opprobre ici l'on te condamne.
Il te faut pour jamais renoncer... à Mandane !

ARBACE.

A Mandane !!

ARTABAN.

Oui, mon fils ! tu n'y dois plus songer !

ARBACE.

Qui ? moi ! Je lui fus cher ! a-t-elle pu changer ?

ARTABAN.

N'accuse point Mandane ; elle est toujours fidèle !

ARBACE.

Qui peut me la ravir, si je suis aimé d'elle ?

ARTABAN.

Xercès !

ARBACE, avec fureur.

Xercès ?

ARTABAN.

Modère un tel emportement !

ARBACE.

Il me l'avait promise !

ARTABAN, avec indignation.

Il trahit son serment !

ARBACE, hors de lui et avec un cri.

Ah ! grands dieux !!

ARTABAN.

Parle bas ! on pourrait nous entendre !..
Le roi te la ravit ; moi, je veux te la rendre.
Je ne souffrirai pas qu'il t'enlève à la fois
Le prix de ton amour, le fruit de tes exploits.
L'ingrat veut t'imposer un cruel sacrifice ;
Je veux de ses rigueurs réparer l'injustice !
Oui ! je veux lui parler pour sa fille et pour toi.
Je veux voir s'il persiste à violer sa foi.
Sois libre cependant ; et, de l'aveu d'un père,
Sans crainte, en ce palais, vois Mandane et son frère.
(Désignant l'appartement à gauche.)
Ils t'attendent tous deux. Va ! surtout songe bien
Que tu dois, en secret, avoir cet entretien !
Songe qu'il faut cacher à Mandane elle-même
Ce que je fais pour elle et pour un fils que j'aime !

ARBACE, avec inquiétude.

(Irrésolu.)

Mon père !... j'obéis !...

(En sortant égaré.)

Où vais-je ? Ah ! dans mon cœur

Ses discours ont jeté le trouble et la terreur !

(Il entre chez Artaxerce.)

SCÈNE VIII.

(Le théâtre s'obscurcit.)

ARTABAN, MÉGABISE.

ARTABAN, rêveur.

Il hésite !...

MÉGABISE, entrant mystérieusement.

L'armée, idolâtre d'Arbace,

Murmure hautement du sort qui le menace.
Elle n'attend que lui. Qu'il paraisse ; il est roi !
Tu viens de lui parler ? Eh bien ! est-il à toi ?

ARTABAN, toujours rêveur.

A moi !

MÉGABISE.

Perds-tu l'espoir d'achever ton ouvrage ?

ARTABAN.

Non ! mais la foi d'Arbace étonne mon courage !
Sa vertu m'épouvante !

MÉGABISE.

Est-ce toi que j'entends ?

Veux-tu venger ton fils ?

ARTABAN, avec fureur.

(Réfléchissant.)
Oui ! je le dois !... Attends !!...

(Avec audace.)
A mes vœux (quand pour lui j'ose tout entreprendre)
Par un coup décisif forçons-le de se rendre !
Oui !... de ma main sanglante Arbace couronné...

MÉGABISE, l'interrompant.

Mais, par le roi, dit-on, Arbace est soupçonné ?

ARTABAN.

Il est vrai !

MÉGABISE.

Jusqu'à nous si les soupçons s'étendent,
L'opprobre, les tourmens et la mort nous attendent.

ARTABAN.

Hélénus est fidèle ; il se tait dans les fers !

MÉGABISE.

Nicanor peut parler.

ARTABAN, avec impétuosité.

Les momens nous sont chers !!...
Le traître ! tu l'as vu ? Que pense-t-il d'Arbace !

MÉGABISE.

Il le plaint ; mais il va solliciter sa place !
Au palais, ici même, il se rend aujourd'hui.

ARTABAN, avec la plus grande véhémence.

Qu'il vienne !! le soupçon va retomber sur lui !
Ne délibérons plus ! en ce péril extrême,
Cher Mégabise ! il faut agir à l'instant même !

Il faut qu'en ce palais, plein de sang et d'effroi,
Arbace monte au trône et soit proclamé roi !
Ici nous sommes seuls. Au loin ma garde veille.
Tout nous sert ; la nuit vient ; le monarque sommeille.
De ce lâche oppresseur délivrons mon pays !
Je cours frapper Xercès ! toi, cours frapper son fils !
(Ils sortent très-vivement ; Artaban à droite, Mégabise à gauche.)

FIN DU SECOND ACTE.

(Pendant l'entr'acte, le théâtre s'obscurcit entièrement.)

ACTE TROISIÈME.

SCÈNE I.

(La nuit.)

ARBACE, *entrant par le fond, à gauche.*

(Très-agité et marchant dans les ténèbres.)

Où vais-je ? quel silence ! ah ! quel affreux mystère !
Mandane est tout en pleurs et tremble pour son père !
Artaxerce inquiet, à l'ombre de la nuit,
S'échappe du palais, et vers le camp s'enfuit !
Je sais quel intérêt cause son trouble extrême.
O ciel ! il est donc vrai qu'il existe ici même
Un odieux complot tramé contre mon roi !
Malgré l'affront sanglant que j'ai reçu de toi,
Injuste, ingrat Xercès ! je te serai fidèle !
J'en fais serment !... En vain la révolte m'appelle !
Les factieux, au camp désarmés à ma voix,
Me poursuivaient encor dans l'asile des rois !
Ils m'élevaient au trône !... Ah ! quel est donc le traître
Qui prend ici mon nom, pour attaquer mon maître ?
Moi, chef des conjurés ? moi, qui les ai punis,
Je pourrais...

SCÈNE II.

(Artaban, cachant une épée sous son manteau, sort égaré de l'appartement du roi.)

ARTABAN, ARBACE.

ARTABAN.

Est-ce toi, Mégabise ?...

(Voyant Arbace.)

Mon fils !...

ARBACE.

Mon père !

ARTABAN, égaré.

De ton roi ne crains plus la colère !

ARBACE.

Dieux ! quel égarement ! quel désordre !... Mon père !
D'où naît le trouble affreux où je vous vois plongé ?
Qu'avez-vous fait ? parlez ; parlez !

ARTABAN.

Je t'ai vengé !

ARBACE.

Vengé ?

ARTABAN.

Je le devais !...

(Découvrant l'épée sanglante.)

Regarde cette épée !

Regarde-la !

ARBACE, la saisissant.

De sang, ô ciel ! elle est trempée !

ARTABAN, plus égaré.

Du sien !

ARBACE.

Quel est ce sang ? il me glace d'effroi !

ARTABAN.

C'est celui de Xercès !

ARBACE.

Qui l'a répandu ?

ARTABAN.

Moi !!...

Voilà de ta grandeur le garant infaillible !

ARBACE, *contemplant l'épée avec horreur.*

De votre amour pour moi voilà le gage horrible !

(On entend du bruit, au fond, à droite.)

ARTABAN, *voulant reprendre l'épée.*

On vient ! donne !

ARBACE, *la retenant avec force et sortant égaré.*

Ah ! cachons ce glaive à tous les yeux !
Mon roi !.. mon père !.. où fuir !.. guidez mes pas, grands dieux !

(Arbace emporte l'épée sanglante, et sort vivement par le fond, à gauche.)

SCÈNE III.

ARTABAN, *seul.*

Mon fils ! demeure !... Arbace !... arrête, téméraire !...
Ce fer sanglant... la nuit... O ciel ! que va-t-il faire ?
Ah ! si par Cléonide il était rencontré,
Sortant de ce palais et fuyant égaré !
Tout serait découvert !...

(Se reprenant avec courage.)

Je tremble ?... Et Mégabise ?
S'il avait, loin de moi, manqué son entreprise ?

(Avec audace.)

Mais, non !... rassurons-nous. Il vient ; il l'a promis.
Quand j'immolais le père, il immolait le fils !
Oui ! les coups sont portés ; Arbace obtient l'empire !

SCÈNE IV.

ARTABAN, MÉGABISE.

ARTABAN, à Mégabise, qui entre épouvanté.

C'est toi ! Xercès n'est plus !

MÉGABISE.

Artaxerce respire !

ARTABAN.

Artaxerce ? à nos coups on le laisse échapper ?
Malheureux !

MÉGABISE.

Il est vrai. Je n'ai pu le frapper !

ARTABAN, avec fureur.

Tu ne l'as point frappé ?

MÉGABISE.

Commande à ta colère !
N'accuse que les dieux qui t'ont livré son père !
Écoute et juge-moi :.... Chez le prince, la nuit,
Docile à tes conseils, je me suis introduit.
J'allais, le fer en main... Mais, ô surprise extrême !
Soit crainte pour son père ou danger pour lui-même,
Soit soupçon, soit enfin quelque pressentiment,
Je ne le trouve plus dans son appartement.
Mon espoir est trahi ! ma vengeance est trompée !
J'apprends que du palais la victime échappée,

Hors des murs, en secret, avait porté ses pas.
J'entends au loin des cris ; je sors : que vois-je ? hélas !
Artaxerce accourant au secours de son père !
Entouré de flambeaux, dont la lueur l'éclaire,
Entraînant avec lui ses gardes furieux,
Guidé par Cléonide, il vole vers ces lieux.
J'entends encor sa voix ! frémissant, il s'écrie :
« Xercès est en danger ! sauvons, sauvons sa vie ! »
Sur mes pas, au palais, mes yeux l'ont vu rentrer.
Dans l'asile du roi je l'ai vu pénétrer !
Tremble qu'en ce moment, appelant la vengeance,
Sur le corps de son père....
(Regardant à droite, où l'on entend du bruit.)
Ah ! grands dieux ! il s'avance !
Il cherche le coupable !

ARTABAN, avec intrépidité.

Il ne le connaît pas !!....
Il n'a que d'un instant retardé son trépas !
J'en atteste le dieu qui me guide et m'éclaire,
Avant la fin du jour, il rejoindra son père !...
(Le bruit redouble dans l'appartement du roi.)
Tu frémis, Mégabise !... on vient ! éloigne-toi !
Évite les regards du prince !... je le voi !
(Mégabise sort épouvanté par le fond, à gauche.)

SCÈNE V.

(Des gardes et des soldats sortent de chez le roi avec des flambeaux.
Artaxerce paraît le dernier.)

ARTAXERCE, ARTABAN, GARDES, SOLDATS.

ARTAXERCE, en entrant.

Mon père !... ô perfidie ! ô destin déplorable !
(Il se jette sur un siége, à droite.)

ARTABAN, d'un ton prononcé.

Artaxerce! est-ce vous?... Quelle audace coupable,
Dans l'ombre de la nuit, seigneur! vous a porté
A violer des rois l'asile redouté?
Eh! pourquoi ces soldats?...

(S'approchant de lui et se modérant tout à coup.)

Je vois couler vos larmes!

ARTAXERCE.

O trahison!

ARTABAN.

Seigneur! dissipez mes alarmes!

ARTAXERCE.

O douleur!

ARTABAN.

Achevez! quel trouble! quel effroi!
Parlez! que faut-il faire?

ARTAXERCE.

Il faut venger ton roi!

ARTABAN.

Mon roi? que dites-vous?

ARTAXERCE, se levant avec feu et courant à Artaban.

Un barbare, un impie,
Dans cet asile saint, vient de trancher sa vie!

ARTABAN.

O ciel!

ARTAXERCE.

J'ai vu son sang!... ses mânes courroucés
Me demandent vengeance; ils seront exaucés!
Dieux puissans! c'est en vain qu'un horrible mystère
Dérobe à mes regards l'assassin de mon père;

A son juste supplice il n'échappera pas !

(Artaxerce se livre aux transports de sa fureur ; Artaban garde un morne silence.)

SCÈNE VI.

ARTAXERCE, MANDANE, ARTABAN, GARDES, SOLDATS.

MANDANE, accourant épouvantée, à gauche.

Quel trouble ! quel tumulte ! Où vont tous ces soldats ?
Qui les a conduits ?

ARTAXERCE.

Moi !

MANDANE.

Qui poursuis-tu ?

ARTAXERCE.

Le crime !

MANDANE.

Quel crime ?

ARTAXERCE.

Un meurtre affreux !

MANDANE.

Ah ! quelle est la victime

ARTAXERCE.

Mon père !

MANDANE.

Dieux !

ARTAXERCE, hors de lui.

C'est là qu'un lâche meurtrier
A plongé dans son cœur un parricide acier !

MANDANE, avec impétuosité.

Le barbare est puni ! quel est-il ?

ARTAXERCE.

Je l'ignore.

MANDANE.

Quand mon père n'est plus, l'assassin vit encore !

SCÈNE VII.

(Le jour.)

ARTAXERCE, MANDANE, CLÉONIDE, ARTABAN,
UN OFFICIER, *portant l'épée sanglante*, GARDES.

CLÉONIDE, accourant par le fond, à gauche.

Il est en mon pouvoir.

ARTABAN, à Cléonide.

Qui donc ?

CLÉONIDE.

Arbace !

TOUS.

Ciel !

MANDANE.

Arbace !

ARTAXERCE.

Mon ami !

ARTABAN.

Lui ? son bras criminel !....

ARTAXERCE.

Lui, qui sauve l'État !

MANDANE.

Lui, qui sauva mon frère !

ARTAXERCE, à Cléonide.

Oses-tu l'accuser, devant moi, téméraire !

CLÉONIDE.

Je le dois. Oui, seigneur !.... j'apprends que des soldats,
Armés contre Xercès, vers lui portent leurs pas.
J'apprends que, dans le camp, des chefs ont eu l'audace
D'exciter la révolte, en proclamant Arbace.
Je l'avoûrai : d'abord, dans l'appui de l'État,
Je n'ai pu voir l'auteur d'un si noir attentat.
Surpris ainsi que vous, j'ai jugé peu croyable
(Désignant Artaban.)
Qu'un si vertueux père eût un fils si coupable.
Je cherche cependant Arbace : je le voi !
Il sortait du palais, et fuyait devant moi.
Des mots entrecoupés s'échappaient de sa bouche.
Je le suis ; je l'observe ; et son aspect farouche
D'avance à mes regards révèle son forfait.
Je l'aborde ; il frémit ! je lui parle ; il se tait !
Moi-même, en l'arrêtant, j'ai saisi sur le traître
Ce fer accusateur teint du sang de son maître !
                    (Il désigne l'officier qui tient l'épée sanglante.)

ARTABAN, à part.

Où suis-je ?

CLÉONIDE, à Artaban.

        Eh bien ? seigneur ! avais-je avec raison
Tantôt sur votre fils étendu le soupçon ?
De crîme, à vous en croire, il était incapable.

ARTABAN.

Je demeure interdit sous le coup qui m'accable !
Mais je connais Arbace, et je ne puis enfin...

CLÉONIDE, l'interrompant.

Eh quoi ! lorsque le sang, le glaive dans sa main,
Sa fuite, sa pâleur, son effroi, tout m'éclaire,

Vous douteriez encore, Artaban !

ARTABAN.

Je suis père !
(Il rêve profondément.)

ARTAXERCE.
(A Artaban.)
Hélas ! il est trop vrai, tout accuse ton fils.
(A Cléonide.)
Il se tait sur le crime ?

MANDANE, à Artaxerce.

Il ne l'a point commis !

ARTAXERCE.

Tout parle contre lui.

MANDANE, avec énergie.

La trompeuse apparence
Coûta plus d'une fois la vie à l'innocence !...
J'ignore quel prodige ou quel fatal destin
A fait trouver sur lui le fer de l'assassin.
J'ignore si lui-même, épouvanté du crime,
Veut cacher le coupable, et s'offrir pour victime.
Mais je ne puis penser qu'à tes yeux sa valeur
Atteste vainement les vertus de son cœur.
Sans doute il faut venger le trépas de mon père.
Peut-être un même sort te menace, mon frère !
Ta gloire, ton danger, le salut de l'État,
Tout veut que l'on punisse un si noir attentat.
De son infâme auteur la mort est légitime.
Mais, avant de frapper, choisis bien la victime.
Le zèle trop ardent cache la trahison.
Tremble de condamner sur un premier soupçon !

Jamais je ne verrai l'assassin de mon père
Dans le libérateur, dans l'ami de mon frère !
J'en appelle à Pharnace, à ton danger pressant ;
J'en atteste ta vie ; Arbace est innocent !

ARTAXERCE.

Innocent ! vois sa fuite et son trouble et sa rage.
Vois de ce fer sanglant le muet témoignage.
En vain, dans ma douleur, je cherche à m'abuser ;
Je pleure le coupable, et je dois l'accuser.

MANDANE.

Ciel ! qu'entends-je ? Artaxerce accusateur d'Arbace !
Sans lui tu périssais de la main de Pharnace !

ARTAXERCE.

Ma sœur !

MANDANE, à Artaban.

(Avec feu.)
Vous vous taisez ? Votre fils va mourir !
S'il vous est cher encore, osez le secourir !

(Artaban frémit à part.)
Ah ! lorsque de son cœur j'atteste l'innocence,
Seigneur ! vous hésitez à prendre sa défense ?

ARTABAN.

Madame !

MANDANE.

Tout son sang à vos yeux va couler !
Cruel ! en sa faveur ne pouvez-vous parler ?
Qui peut vous retenir ? n'êtes-vous plus son père ?

ARTABAN, avec véhémence.

Madame !!

MANDANE, avec horreur.

Quels regards ! ô dieux ! quelle colère !
(Artaban se contraint et cache son trouble.)

ARTAXERCE, à Cléonide.

Qu'Arbace devant nous soit conduit à l'instant !
(Cléonide sort avec une partie des gardes et l'officier qui tient l'épée sanglante.)

MANDANE, à Artaxerce.

Il a sauvé l'empire, et l'échafaud l'attend !

ARTAXERCE.

Mandane ! laissez-nous.

MANDANE.

Qui ? moi ! fuir sa présence !

ARTAXERCE.

Il le faut !

MANDANE, à Artaban.

(Avec impétuosité.)
Malheureux ! tu gardes le silence !
Quand pour lui la pitié parle encore à mon cœur,
Oses-tu contre un fils écouter la fureur ?
Ah ! loin de t'attendrir, mon désespoir t'irrite,
Artaban !...
(Artaban, hors de lui, regarde Mandane.

Dans tes yeux je vois sa perte écrite !!
(Elle sort désespérée.)

SCÈNE VIII.

ARTABAN, ARTAXERCE, GARDES.

ARTAXERCE, ému.

Artaban ! ton silence atteste, je le voi,
Ta pitié pour mon père et ton zèle pour moi.
Quand Xercès sur le crime appelle la vengeance,
Je doute, et crains encor d'opprimer l'innocence.

J'admire ton courage en ce double malheur,
Où l'accusé lui-même augmente ma douleur.
Dès l'enfance à ton fils un nœud sacré me lie.
Je l'aimais ; je le plains !... il a sauvé ma vie !
Je suspends un arrêt dont mon cœur a frémi.
Sauve encor, s'il se peut, ton fils et mon ami !
(Artaban fait un mouvement.)
Cède à mes vœux ! pour lui sois moins inexorable.
Je l'avoûrai : j'ai peine à le croire coupable.
Avant que le conseil vienne ici le juger,
Pour lire dans son cœur, ose l'interroger.

ARTABAN.

J'accepte avec courage un cruel ministère.
Je suis sujet fidèle, avant que d'être père.
Je ne vois plus mon fils. L'inflexible équité
Veut que la pitié cède à la sévérité.
(Aux gardes.)
Qu'à l'instant l'accusé paraisse en ma présence.
(Les gardes sortent.)
(A Artaxerce.)
Je doute qu'à ma voix il garde le silence...
Eh ! peut-être il connaît le bras mystérieux
Qui sous un voile épais se dérobe à vos yeux.
Peut-être d'un ami le danger, qui le touche,
Épouvante mon fils et lui ferme la bouche.
Que sais-je ?... si la nuit, le malheur, le hasard,
Dans sa main innocente avaient mis le poignard !

ARTAXERCE, avec joie.

Quel langage !

SCÈNE IX.

ARTABAN, ARBACE, ARTAXERCE, GARDES.

ARBACE, en entrant avec les gardes.

O mon roi !

ARTAXERCE, en lui-même.

La pitié doit se taire.
Évitons son aspect. (A Arbace.) Parlez à votre père !

(Il sort à droite.)

SCÈNE X.

ARTABAN, ARBACE, GARDES.

ARTABAN.

Gardes ! sortez.

(Les gardes sortent par le fond, des deux côtés.)

ARBACE.

Mon père ! est-ce vous que je voi ?

ARTABAN, haut.

Artaxerce l'ordonne. (A demi-voix.) Arbace ! écoute-moi !

(Mouvement d'Arbace.)

Écoute, malheureux !... une fausse apparence,
Le temps, le lieu, le fer, ta fuite, ton silence,
Tout t'accuse ! Artaxerce est prêt à te juger.
Il m'appelle au conseil, et je dois y siéger !
Nous sommes seuls : je puis te parler sans mystère.
Tes jours sont menacés ; je ne dois plus me taire.
Connais tout le complot !

(Nouveau mouvement d'Arbace.)

N'en sois pas alarmé !
Par ton père, pour toi, ce complot fut formé.

Apprends que de Xercès maudissant la mémoire,
Le peuple, admirateur de ton nom, de ta gloire,
S'unissant aux guerriers armés pour te sauver,
Au rang de roi des rois est prêt à t'élever.
Si je me tais, tu meurs ; si tu parles, j'expire.
Si tu sers mon projet, je t'élève à l'empire !
Le triomphe est certain. Remplis mes vœux ; suis-moi,
Arbace ! viens au camp ; la couronne est à toi !

(Il veut entraîner Arbace qui résiste.)

M'oses-tu résister ? en ce péril extrême,
Crains-tu de voir ton front paré du diadème ?
Lorsque l'Asie entière applaudit à mon choix,
Refuses-tu l'honneur de lui dicter des lois ?
Arbace ! sois l'appui d'un peuple qui t'adore !
Entends, entends les vœux d'un père qui t'implore !
Si tu deviens mon roi, je suis justifié !
Si tu restes sujet, je suis sacrifié !
Oui ! d'un mot sous mes pieds tu vas creuser l'abîme !
Choisis : je vois mon prince, ou tu vois ta victime !

(Il tombe aux pieds de son fils.)

ARBACE, avec feu, le relevant.

En ce jour de malheur, votre fils frémissant
Doit sauver le coupable et mourir innocent.
Mais n'attendez jamais que mon ame avilie
Abandonne l'honneur pour conserver la vie !
J'ai dû, loin de ces lieux, emporter sans effroi
Le glaive accusateur du meurtre de mon roi ;
J'ai dû, de ce forfait complice involontaire,
Indigné du soupçon, le souffrir et me taire ;
J'ai dû, voyant le fer arraché de ma main,
Prendre sur moi le crime, et cacher l'assassin !

Et quand, par le silence auquel je me condamne,
Oubliant à la fois et ma gloire et Mandane,
Je perds tout, et je meurs déshonoré par vous ;
Vous voulez qu'Artaxerce expire sous vos coups !
Quand Xercès ne vit plus, moi, souffrir qu'on immole
Un prince de son peuple et l'espoir et l'idole !
Moi, trahir un ami, qui se montre à la fois
L'exemple des guerriers, le modèle des rois !
Moi, servir vos fureurs ! moi, par de nouveaux crimes,
Vous voir accumuler victimes sur victimes !
Non !!... S'il faut que le peuple, en mon nom révolté,
Soit aujourd'hui par vous au carnage excité ;
S'il faut armer ma main contre un prince que j'aime ;
S'il faut de ses États le dépouiller moi-même ;
En vain vous vous flattez d'un si coupable espoir.
Oui, mon père ! jamais d'un attentat si noir
Arbace ne sera délateur ni complice.
Je garde l'innocence, et je cours au supplice !

(Il va pour sortir.)

ARTABAN, le retenant.

Oserais-tu braver ton père ?

ARBACE.

Je le dois !

ARTABAN.

Tu me désobéis ?

ARBACE.

Pour la première fois.

ARTABAN, à part.

O trop fatal honneur !

ARBACE, de même.

O cruelle contrainte !

ARTABAN.

Tremble !

ARBACE.

C'est pour vous seul que je connais la crainte.

ARTABAN.

Viens ! je veux te sauver !

ARBACE.

Je veux sauver l'État !

ARTABAN.

Je vois ton échafaud !

ARBACE.

Je vois votre attentat !

ARTABAN.

Au camp l'honneur t'appelle ; ici ta mort s'apprête !
Vois le fer des bourreaux suspendu sur ta tête !

ARBACE.

Laissez-moi !

ARTABAN.

Te quitter en ce péril pressant !
Tu me fais criminel, si tu meurs innocent !
Viens, Arbace !

ARBACE.

Pour vous je dois cesser de vivre ;
Je dois perdre Mandane, et je ne puis vous suivre.

ARTABAN, l'entraînant.

Tu me suivras, Arbace !... en ce moment d'horreur,
Ne me résiste plus ! redoute ma fureur !
Viens ! viens !

ARBACE, à haute voix.

A moi, soldats !

4

ARTABAN.

Que fais-tu ? fils barbare !

ARBACE.

Mon devoir !

ARTABAN.

Fuis ta honte et ta mort qu'on prépare !
Suis-moi ! viens !! Si tu dis un seul mot, tu te perds !

ARBACE, plus haut.

Soldats ! accourez tous et rendez-moi mes fers !

(Les gardes rentrent très-vivement des deux côtés du théâtre.)
(Bas, à son père.)
On vient ! silence !...

ARTABAN, bas à son fils.

Ingrat !...

(Haut au même.)
Sortez !...

ARBACE, s'inclinant avec respect devant Artaban.

Adieu, mon père !

ARTABAN, désespéré.

(Aux gardes.)
Qu'on l'emmène !

(Arbace se relève avec noblesse, va au devant des gardes et sort avec eux.)

ARTABAN, seul.

O vertu !... Que résoudre ? que faire ?
Le cruel m'abandonne !... Ah ! fidèle à son roi,
Il me condamne à vivre, et va mourir pour moi !...
(Hors de lui.)
Non !!... je n'accepte point ce dévoûment sublime !
(En sortant.)
Il me reste un moyen de sauver la victime !

FIN DU TROISIÈME ACTE.

ACTE QUATRIÈME.

SCÈNE I.

(Mégabise suit Artaban, qui est dans la plus grande agitation.)

ARTABAN, MÉGABISE.

MÉGABISE.

Où vas-tu, malheureux ?

ARTABAN.

Laisse-moi !

MÉGABISE.

Tu me fuis !

ARTABAN.

Tu vois mon désespoir et le trouble où je suis !
Abandonné, trahi, j'ai perdu mon audace !
Artaxerce est vivant ! je n'ai pu vaincre Arbace !

MÉGABISE.

Ton fils...

ARTABAN.

Est un ingrat !... je m'étais abusé.
Liberté, diadème, il a tout refusé !
Au trône de Cyrus la Perse en vain l'appelle !
Il veut rester esclave ; il veut mourir fidèle !
Ce que je nomme gloire, il le nomme forfait !
En immolant Xercès, ami, je n'ai rien fait !

(En lui-même.)

Un seul espoir me reste. Il me rend le courage !
Quoi ! des scrupules vains détruiraient mon ouvrage ?
Je verrais un héros innocent, adoré,
Un fils, sur l'échafaud périr déshonoré !
(A Mégabise.)

Avant que les bourreaux apprêtent son supplice,
Il faut que, sous mes coups, Artaxerce périsse !
Si mon fils ose, alors, refuser mon appui,
S'il veut rester sujet, je régnerai sur lui !
Oui ! cet espoir me rend mon audace première !
Fallût-il de Xercès perdre la race entière,
Je poursuis mon projet ; je veux l'exécuter ;
Quel que soit le péril, rien ne peut m'arrêter !
Réprime cependant le zèle téméraire.
Songe que l'imprudence au succès est contraire.
Je t'instruirai de tout dès qu'il en sera temps.
Le prince va venir ; laisse-moi ; je l'attends !

(Mégabise sort.)

(Seul.)

O mon fils ! quand des lois le glaive est sur ta tête,
Ton juge veut me voir !... loin de moi qui l'arrête ?
Ah ! si, dans ce moment, il s'offrait à mes yeux !...
(Regardant à droite.)

Il s'avance !

(Il met la main sur son poignard.)

SCÈNE II.

ARTAXERCE, ARTABAN, CLÉONIDE,

GARDES, *un instant après.*

ARTAXERCE, entrant, seul, le premier.

C'est toi que je cherche en ces lieux,
Cher Artaban !

ARTABAN, à part, hésitant à frapper.

Où suis-je ?

ARTAXERCE, avec bonté.

Ah ! que t'a dit Arbace ?
S'est-il justifié ? puis-je lui faire grâce ?
Avec toi j'ai permis qu'il eût un entretien.
Parle : à tes questions qu'a-t-il répondu ?

(Cléonide et les gardes entrent.)

ARTABAN, quittant son poignard.

Rien !...

(Voyant Cléonide.)

Muet dans sa douleur, tranquille mais farouche,
Il ne craint nul danger ; nul regret ne le touche.
Pour vaincre sa fierté, j'ai fait un vain effort.
Il presse le supplice, et demande la mort !

ARTAXERCE, consterné.

La mort ?... en périssant qui le force à se taire ?
Achève !

ARTABAN.

Il a caché son secret à son père.
D'un silence fatal justement irrité,
Enfin j'ai dans son cœur surpris la vérité.
Je pense que mon fils, avec l'auteur du crime,
Lié, mais innocent, veut s'offrir pour victime.
J'ai cherché le coupable, et je le cherche encor,
Seigneur !... tous mes soupçons tombent... sur Nicanor !...

(A Cléonide qui fait un mouvement.)

Je n'osais le nommer ; mais vous savez vous-même
Que dès long-temps ce prince aspire au rang suprême ;
Qu'il est l'ami d'Arbace...

CLÉONIDE, vivement à Artaban.

Il est vrai ! je le sais !

(A Artaxerce.)

Que dis-je ? Nicanor était dans ce palais,
Quand le sang a coulé sous le fer parricide.
Oui, seigneur ! cette nuit, on a vu le perfide
Dans l'asile des rois errer silencieux.
Quel motif y guidait ce prince ambitieux ?
Pourquoi quitter le camp ? pourquoi venir à Suze ?
Plus de doute ! j'en crois Artaban qui l'accuse !
Le silence, la fuite, ah ! tout s'explique enfin.
Arbace a pris le fer pour cacher l'assassin.
C'est Nicanor ! c'est lui dont l'insolente audace
Au trône espère un jour monter à votre place !
C'est lui qui contre vous arme vos ennemis !

ARTABAN, à Artaxerce.

S'il a frappé le père, il veut perdre le fils !

ARTAXERCE.

Qu'entends-je ? Nicanor attenter à ma vie ?
Son zèle à me servir...

CLÉONIDE.

Couvre sa perfidie !

ARTAXERCE.

En effet ; jusqu'ici j'ai douté de sa foi.
Ce prince téméraire...

CLÉONIDE.

Est l'assassin du roi !
Des conjurés, seigneur ! ordonnez le supplice.
Nicanor est leur chef ; Arbace est leur complice !

ARTAXERCE.

Cléonide ! un moment laissez-moi respirer.
Arbace, Nicanor contre moi conspirer !
Qui des deux a versé le pur sang de mon père ?...
(A Artaban.)
    Dans ce doute cruel, c'est en toi que j'espère.
Sur ton zèle et ta foi ton prince compte encor.
Va ! vole dans le camp arrêter Nicanor.
Qu'au fond de mon palais ce traître, ce rebelle,
Demeure surveillé par ma garde fidèle.
Pour délivrer ton fils, des soldats égarés
S'étaient contre leur roi hautement déclarés.
Ils m'ont vu ! ma présence a dissipé l'orage.
Artaban ! c'est à toi d'achever mon ouvrage.

ARTABAN.

Tout mon sang est à vous. Quel que soit le danger,
Je vais, n'en doutez pas, mourir ou vous venger !
(Artaban sort avec une partie des gardes.)

SCÈNE III.

CLÉONIDE, ARTAXERCE, GARDES.

ARTAXERCE.

Ah ! quand je lui permets l'entretien de son père,
Instruit d'un tel complot, Arbace ose se taire !
Il sait par qui son maître est mort assassiné.
Qui le force à garder un silence obstiné,
Quand un sincère aveu le soustrait au supplice ?
Quel est donc son espoir ?

CLÉONIDE.

        De sauver son complice.

ARTAXERCE.

Nicanor ? c'est pour lui qu'à mourir il consent !

CLÉONIDE.

En est-il moins coupable ? eh ! fût-il innocent,
La loi, pour l'assassin quand il se sacrifie,
De sa complicité veut qu'il se justifie.
Que ses juges, par vous à l'instant rassemblés....

ARTAXERCE.

Par moi !

CLÉONIDE.

Sur son destin prononcez, ou tremblez !

ARTAXERCE.

Du sort de mon vengeur, qui ? moi, que je décide ?
Qu'il paraisse au conseil que son père préside ?

CLÉONIDE, avec fermeté.

Les mânes de Xercès l'ordonnent !

ARTAXERCE.

J'obéis !
Ses ordres sont sacrés ; ils vont être remplis !
Allez : que dans ces lieux le tribunal s'assemble.
Qu'Arbace y soit conduit ; et, s'il se tait, qu'il tremble !

(Cléonide sort.)

SCÈNE IV.

ARTAXERCE, GARDES *au fond.*

ARTAXERCE.

Oui : l'indignation succède à la pitié !
Puis-je encor pour Arbace écouter l'amitié ?
O mon père ! ô Xercès ! c'est toi qui le condamnes !
Sois satisfait : sa mort apaisera tes mânes !

Il aida ton bourreau : son forfait est prouvé.
La loi veut qu'il périsse.... Hélas ! il m'a sauvé !...
(Il tombe sur un siége.)
O souvenir trop cher !... ô crime !... que résoudre ?
Je n'ose le punir.... et je ne puis l'absoudre !...
(Se levant avec feu.)
De mon père, à mes yeux, le sang est répandu,
Et l'arrêt du coupable est encor suspendu ?
Allons ! n'hésitons plus ! étouffons ce murmure,
Qui combat dans mon cœur le vœu de la nature !
C'en est fait ; il mourra !... L'immoler ?... je frémis !
Quand son père est armé contre mes ennemis,
L'espoir de ses vieux jours, l'ami de mon enfance,
Arbace va périr !

SCÈNE V.

ARTAXERCE, MANDANE, GARDES.

MANDANE.

J'embrasse sa défense !
Oui ! je viens de le voir ! va ! crois-moi : ce guerrier
De l'auteur de nos jours n'est point le meurtrier !

ARTAXERCE, avec joie.

Il n'est point criminel ! que ne puis-je te croire ?
Ah ! pour briser ses fers, pour lui rendre sa gloire,
Je donnerais mon sang !... Parle ! achève, ma sœur !

MANDANE.

Docile à tes conseils, pour lire dans son cœur,
Au fond de sa prison, seule, j'ose descendre.
J'entre : il ne me voit pas !... sa voix se fait entendre.

Je l'écoute inquiète ; et je surprends ces mots,
Que sa douleur confie aux murs de ses cachots :
« Vous, qui sous mes drapeaux avez perdu la vie,
« Intrépides guerriers ! que je vous porte envie !
« Heureux d'avoir reçu la mort en combattant,
« J'aurais trouvé la gloire, et l'opprobre m'attend !
« Mon père m'abandonne ! il souffre qu'on m'accuse !
« Artaxerce, écoutant un soupçon... qui l'abuse... »

(Artaxerce fait un mouvement.)

Il frémit à ce mot !... je m'approche : il se tait !
Vainement j'ai voulu pénétrer son secret.
J'ai fait pour le fléchir un effort inutile.
Inquiet sur ta vie, et sur ses jours tranquille,
Sans plainte, sans regret, en implorant la mort,
Il conjure les dieux de veiller sur ton sort ;
Et tremblant pour toi seul, en ce moment terrible,
Il bénit son trépas, si ton règne est paisible !
Ah ! bannis un soupçon trop indigne de lui !
Artaxerce ! sois juste et deviens son appui !
Arbace est innocent !

ARTAXERCE.

S'il l'est, pourquoi se taire ?
Ma sœur ! pourquoi s'enfuir à l'ombre du mystère ?
Pourquoi cacher le fer teint du sang paternel ?
Il atteste le crime.

MANDANE, avec énergie.

Et non le criminel !
D'une action si lâche Arbace est incapable !
Plus le crime est affreux, moins je le crois coupable !
Tu penses qu'un amour qu'il a tant mérité
A mes yeux aveuglés cache la vérité ?

Mais, si tu n'obtiens point la preuve de son crime ;
Si, taisant le coupable, il s'offre pour victime ;
Si, pour sauver ses jours, je fais de vains efforts ;
S'il périt innocent, quels seront tes remords !

ARTAXERCE, avec feu.

Qu'il parle donc ! qu'il prouve enfin son innocence !
Il devient criminel, en gardant le silence !
Séduit par Nicanor, s'il conspire avec lui ;
S'il est des conjurés ou le chef ou l'appui ;
Égaré par l'amour, s'il immola ton père ;
Ivre d'ambition, il peut perdre ton frère !

MANDANE, hors d'elle-même.

Te perdre !! est-ce bien toi qui l'oses soupçonner ?
Celui qui te sauva peut-il t'assassiner ?
Non ! tu ne le crois pas ! ton ame généreuse
S'indigne, se révolte à cette idée affreuse !
(Artaxerce est ému.)
(Avec une impétuosité graduée.)
Artaxerce ! je lis dans ton cœur agité !
Abjure ton erreur ! entends la vérité !
Étranger aux complots, victime de l'envie,
Arbace, dans les fers, ne craint... que pour ta vie !
Fais un dernier effort ! viens unir, par pitié,
Aux accens de l'amour, la voix de l'amitié !
Seconde-moi ! soudain, le secret qui nous touche,
Pour le justifier, va sortir de sa bouche !
Viens ! tu sauves ses jours, en lui rendant l'honneur !
Viens !! tu sauves le trône, et ta gloire, et ta sœur !!
(Mandane entraîne Artaxerce au fond du théâtre.)

ARTAXERCE.

Je n'y résiste plus ! puisse son innocence

Éclater à mes yeux !...

(Regardant au fond, et s'arrêtant tout à coup.)

Ciel ! son père s'avance !...

De son zèle pour moi quel est donc le pouvoir ?
Son courage m'étonne !..

(Avec feu.)

Il m'apprend mon devoir !

Va, ma sœur ! de l'amour étouffe le murmure !
Va ! crains, en résistant, d'outrager la nature !

(Artaxerce conduit sa sœur qui sort, à gauche; Artaban, rêveur, entre par
le fond. Il ne voit point d'abord Artaxerce: dès qu'il l'aperçoit, il compose sa
figure, et affecte une fermeté qui n'est pas dans son cœur.)

SCÈNE VI.

ARTABAN, ARTAXERCE, GARDES au fond.

ARTABAN.

Seigneur !

ARTAXERCE.

Eh bien ?

ARTABAN.

Cessez de vous inquiéter.
Nicanor est puni !... j'allais pour l'arrêter ;
Se voyant découvert, redoutant le supplice,
Pour éviter l'opprobre, il s'est rendu justice.
Dans sa tente, à ma vue, il s'était renfermé.
J'accours : je ne vois plus qu'un corps inanimé !

ARTAXERCE.

Il n'est plus !

ARTABAN.

Son trépas, au camp et dans la ville,
Enchaîne la discorde ; enfin tout est tranquille !

ARTAXERCE.

C'est peu de me servir, Artaban ! je te vois
Devancer au conseil les arbitres des lois !
Empressé de remplir un sacré ministère,
Quand tu pleures ton fils, tu viens venger mon père !
Au moment de juger mon appui, ton soutien,
Le trouble est dans mon cœur !

ARTABAN, à part.

La mort est dans le mien !

ARTAXERCE.

A la rigueur des lois tu cèdes sans murmure ?

ARTABAN.

Xercès parle : Artaban étouffe la nature.

ARTAXERCE.

Tu veux perdre ton fils ?

ARTABAN, avec intention.

Je veux sauver mon roi !

ARTAXERCE.

Ah ! le ciel te devait un fils digne de toi !

ARTABAN.

Oui, seigneur ! à mes vœux s'il n'eût été contraire,
L'ingrat ne verrait point un juge dans son père.
Il m'aurait épargné le supplice cruel
De le voir devant moi paraître en criminel.
Ce tourment, je l'avoue, ébranle ma constance.
O mon roi ! de mon fils, moi, dicter la sentence !
Qui ? moi ! le condamner !... Non ! l'austère équité
N'exige pas, seigneur ! tant d'inhumanité.

Je respecte un arrêt que je ne puis suspendre.
J'ai dû le provoquer; je ne dois pas l'entendre.

(Il va pour sortir.)

ARTAXERCE.

Demeure au conseil.

ARTABAN.

Moi !

ARTAXERCE.

Je crains d'être abusé.
Je remets en tes mains le sort de l'accusé.

ARTABAN.

En mes mains !

ARTAXERCE.

Oui !... tu vois ma pitié pour Arbace.
S'il ne fut qu'égaré, je demande sa grâce !
(Regardant au fond.)
On l'amène vers nous !

(Artaban est consterné.)

(Les membres du conseil entrent; ils sont précédés de Mégabise et de
Cléonide, qui se placent, le premier à la droite d'Artaban, le second à la
gauche d'Artaxerce.)

SCÈNE VII.

MÉGABISE, ARTABAN, ARTAXERCE, CLÉONIDE,
MEMBRES DU CONSEIL, GARDES.

ARTAXERCE.

Astre et Dieu créateur !
De l'antique univers éternel bienfaiteur !
Soleil ! daigne exaucer les vœux que je t'adresse !
Du conseil qui t'implore éclaire la sagesse !

D'un seul de tes rayons perce l'obscurité
Qui dérobe à nos yeux l'auguste vérité !

(Arbace , enchaîné , entre. Il est suivi des gardes du conseil. Dès qu'il paraît,
Artaxerce s'assied et fait signe à Artaban de s'asseoir. Mégabise et Cléonide
restent debout , le premier à côté d'Artaban , le second à côté d'Artaxerce.
Les membres du conseil sont rangés en haie des deux côtés du théâtre. Arbace
est debout entre Artaxerce et Artaban. Les gardes sont au fond , derrière
Arbace.)

SCÈNE VIII.

MÉGABISE, ARTABAN, ARBACE, ARTAXERCE, CLÉONIDE, GARDES DU ROI, MEMBRES DU CONSEIL.

ARTAXERCE , assis, regardant Arbace qui reste quelque temps au fond.

Qui ne serait frappé de sa noble assurance ?
De le justifier je conçois l'espérance !
Puis-je dans un héros, dans mon libérateur,
D'un lâche assassinat reconnaître l'auteur ?
(A Arbace.)
Approche !. . explique enfin cet horrible mystère.
Tu n'es point criminel ? parle : un juge sévère,
Pour te rendre l'honneur, n'attend qu'un mot de toi.

ARBACE, à Artaxerce.

Quel juge ?

ARTAXERCE , désignant Artaban.

Le voilà.

ARBACE, voyant Artaban.

Mon père devant moi !

ARTAXERCE.

Achève, malheureux ! cesse de te contraindre.
L'innocence accusée ici n'a rien à craindre !...
Connais-tu l'assassin ?... nomme-le !

ARBACE, en lui-même.

Je ne puis !

(A Artaban.)

Vous, mon juge ? avez-vous oublié qui je suis ?

ARTABAN.

Téméraire !

ARBACE, se contraignant.

Soumis, calme en votre présence,
Votre fils entendra son arrêt en silence.

ARTABAN.

D'un père, qui t'aimait, si les sages avis
Par toi, dans ce jour même, eussent été suivis,
On ne nous verrait point, moi, juge ; toi, coupable.

ARBACE, à part.

Moi, coupable !

ARTAXERCE, à Cléonide.

Il se tait !

CLÉONIDE, à Artaxerce.

La vérité l'accable.

ARTAXERCE.

Du plus noir des forfaits, Arbace ! es-tu l'auteur ?
N'as-tu rien à répondre à ton accusateur ?

ARBACE.

Rien.

ARTAXERCE.

Je vais donc venger les mânes de mon père ?

ARBACE.

Tu le dois.

ARTAXERCE.

C'en est fait !

CLÉONIDE.

Il s'accuse.

ARTAXERCE.

Il m'éclaire !

(A Arbace.)

Vainement au conseil tu le caches encor ;
L'assassin m'est connu ! ce monstre est Nicanor !

ARBACE, étonné, à son père.

Qui ? Nicanor !

ARTABAN, avec feu, à son fils.

Eh bien ?

(Arbace frémit et se tait.)

ARTAXERCE, à Arbace.

Tu connais le coupable !

Nomme-le donc !

ARBACE, après avoir regardé son père.

(Se désignant lui-même.)

Il est... devant toi !

ARTAXERCE.

Misérable !

ARBACE, avec résignation.

Artaxerce !... à mon sort tu dois m'abandonner.
Tout m'accuse à tes yeux, tu dois me condamner.

ARTABAN, à Mégabise.

Ah !... mon fils !...

(Mouvement de Mégabise, qui retient Artaban prêt à se trahir.)

ARTAXERCE.

La pitié fait place à la colère !
Tu voulais de Mandane assassiner le frère ?

ARBACE, avec feu.

(Égaré.)

De Mandane ?... à ce nom... adoré...

ARTABAN, l'interrompant.

                         Penses-tu

Qu'un parricide amant soit cher à sa vertu ?
Quel espoir te séduit ? tu ne vois plus sans doute
(Se levant.)
Le juge qui te parle et le roi qui t'écoute !

               (Silence et frémissement d'Arbace.)

ARTAXERCE.

Un père t'en conjure, Arbace ! défends-toi !
L'honneur te le commande.

              ARBACE.

                 O mon père !... ô mon roi !...

(En lui-même.)
L'abîme est sous mes pieds ! sans plainte, sans défense,
J'y tombe... je me tais !

             ARTAXERCE.

           De ce cruel silence

Qu'attends-tu donc ?

              ARBACE.

      La mort.

          (Artaxerce, consterné, se tait.)

ARTABAN, à Mégabise.

               O sublime vertu !

(Égaré.)
C'est à moi de mourir ! ah !... je vais...

       MÉGABISE, l'interrompant.

                Que fais-tu ?

      ARTABAN.

(Hors de lui.)
Mon devoir !... je suis père !... à ce spectacle horrible...

MÉGABISE, à part, frémissant.

Il s'égare !...
(Haut.)

Artaban ! montrez-vous inflexible.
Au conseil qui vous plaint épargnez vos douleurs.
Sommes-nous assemblés pour voir couler vos pleurs ?
Ce n'est point la pitié que Xercès vous commande.
Son sang est répandu ; c'est du sang qu'il demande !
Remplissez sans faiblesse un rigoureux emploi.
(Avec intention.)
Oubliez votre fils ! songez à votre roi !
(Artaban se contraint.)

CLÉONIDE.

Témoin muet, mais sûr, d'un forfait exécrable,
Le glaive délateur reste aux mains du coupable.
Si du sang de mon roi son bras n'est point trempé,
Arbace au moins connaît le bras qui l'a frappé.
Il est, n'en doutons plus, meurtrier ou complice.
C'est de lui que dépend sa grâce ou son supplice.
S'il nomme l'assassin, on peut lui pardonner.
S'il garde le silence, on doit le condamner.
(Long silence d'Arbace.)

ARTAXERCE, se levant.

Artaban !...
ARTABAN, assis.

(A part.)
Dieux !...
(Haut à Artaxerce.)
Je cède à cet ordre sévère.
Vous demandez sa mort ; je dois vous satisfaire.
(Se levant.)
Je dois à mon pays, au conseil, à mon roi,
Cet affreux sacrifice, inouï jusqu'à moi...

Xercès ! j'entends ta voix terrible, inexorable !
Tu dictes mon arrêt ! tu nommes le coupable !...
Qu'il périsse !...

(Artaban met la main sur son cœur et retombe sur son siége ; Arbace reste
muet et impassible.)

ARTAXERCE, en lui-même, indigné.

Son père ordonne son trépas !...
Cléonide ! sortons !...

(Haut et désignant Arbace.)
Veillez sur lui, soldats !
(Il sort avec Cléonide et le conseil.)

SCÈNE IX.

MÉGABISE, ARTABAN, ARBACE,
GARDES *dans l'enfoncement.*

ARTABAN, regardant au fond et voyant les gardes.
(Bas à son fils.)
On n'accomplira point ce cruel sacrifice !
Tu marches au triomphe, et non pas au supplice !
Va !... je saurai défendre un fils digne de moi !
(Se levant.)
Arbace ! il est un dieu qui veille encor sur toi !!...
(Artaban sort avec Mégabise.)

SCENE X.

ARBACE, GARDES *dans l'enfoncement.*

ARBACE, avec une impétuosité graduée.

Qu'a-t-il dit ? quel dessein médite sa furie ?
Par un nouveau forfait veut-il sauver ma vie ?
Veut-il, impunément dans le crime affermi,
Joindre au sang de mon roi le sang de mon ami ?

Qui ? moi ! lâche instrument des fureurs de mon père,
Quand j'adore la sœur, j'immolerais le frère !...
Non ! non !... je dois mourir et presser mon trépas,
Pour arrêter le cours de tant d'assassinats !
Vivant, du meurtrier je deviendrais complice.
Je conserve ma gloire en marchant au supplice !
Allons : avec plaisir je subis mon arrêt.
Dans l'éternelle nuit j'emporte mon secret !

(Il va au devant des gardes, et sort avec eux.)

FIN DU QUATRIÈME ACTE.

ACTE CINQUIÈME.

SCÈNE I.

ARTABAN, *entrant par le fond, à gauche.*

Enfin le juste ciel remplit mon espérance !
C'en est donc fait : je viens d'assurer ma vengeance !
Les mages et les chefs, en secret réunis,
M'ont tous fait le serment de me rendre mon fils !
Ce serment solennel est sacré : je respire !
Arbace triomphant va monter à l'empire !
De ses fers Mégabise a couru l'arracher.
Sa garde sur ses pas m'a juré de marcher.
Aux ordres d'Artaban elle sera docile !
 Hors du palais tout s'arme. Artaxerce est tranquille !
J'ai su cacher l'abîme à ses yeux égarés.
Il voit ses défenseurs, où sont mes conjurés !
Il va monter au trône, et sa chute est prochaine.
Il croit venger son père, et sa perte est certaine !
(Désignant le fond du théâtre.)
 Il marche vers le temple, où sur l'autel sacré
Il prendra le poison qu'un mage a préparé !...
Chaque pas, chaque instant, perdus pour ma vengeance,
Redoublent ma terreur !... Écoutons :... quel silence !...
Les Persans, sur tes pas à vaincre accoutumés,
En vain pour toi, mon fils ! se seraient-ils armés ?
 Fuyez, vaines terreurs ! Je vois l'Asie entière,
En couronnant le fils, justifier le père !

Je vois de l'univers mon forfait ignoré
Affermir sur le trône un vainqueur adoré!
Pour moi, je ne demande aux dieux, pour récompense,
Que de finir ma vie où ton règne commence,
Arbace! en expirant, je bénis mon destin,
Si mon dernier regard voit le sceptre en ta main!

SCÈNE II.

ARTABAN, MÉGABISE.

MÉGABISE.

(Épouvanté.)
Artaban!

ARTABAN.

Mégabise! ah! parle!... quel mystère!
Qu'as-tu fait de mon fils? réponds!

MÉGABISE.

Malheureux père!

ARTABAN.

Achève!

MÉGABISE.

Par mon ordre, au fond de mon palais,
Mes amis rassemblés m'attendaient : je parais!
Des bourreaux de ton fils trompant la vigilance,
Du rendez-vous secret nous sortons en silence.
Unis et divisés, par des chemins divers,
Nous marchons vers ton fils, sûrs de briser ses fers.
Je vole à son cachot, dont la garde est séduite.
La porte à mon aspect s'ouvre. J'entre sans suite.
Pour retrouver Arbace, inquiet, je parcours
De ces longs souterrains les tortueux détours.

Je l'appelle : une voix éloignée et plaintive
Tout à coup vient frapper mon oreille attentive.
Je m'approche :... du fond de ces affreux cachots,
Hélénus se soulève, et m'adresse ces mots :
« Malheureux ! où vas-tu ? quelle est ton espérance ?
« Le salut du héros n'est plus en ta puissance.
« Arraché de ces lieux par un ordre secret,
« Le sauveur de la Perse a subi son arrêt ! »

ARTABAN, tombant sur un siége.

Tout est connu !... Mon fils ! ô victime chérie !
Tu sauvas Artaxerce : il t'arrache la vie !
Arbace ! plus d'espoir ! son forfait est certain.
Il paraissait te plaindre, et tu meurs de sa main !
Le cruel contre moi feignait de te défendre !

MÉGABISE, avec fureur.

Je raconte aux soldats ce que tu viens d'entendre.
A cet affreux récit qui les glace d'horreur,
Ils ont, ainsi que toi, partagé ma fureur.
Soudain je les ai vus s'armer pour ta défense.
De servir tes projets brûlans d'impatience,
Ils ont quitté le camp ; ils sont là ! viens ! suis-moi !
Viens ! pour venger ton fils, ils n'attendent que toi !

ARTABAN, assis et consterné.

Artaxerce triomphe ! il détruit mon ouvrage !
Il fuyait mon aspect, pour assouvir sa rage !
J'assassinai son père ; il immole mon fils !
Arbace ! tu n'es plus ! mes destins sont remplis.
C'est pour mieux me punir, ô justice éternelle !
Que tu n'as point frappé ma tête criminelle !
Je vis !... et j'ai perdu mon espoir, mon soutien !
Pour mon fils j'osai tout ; sans lui je ne veux rien !

Couronne ! ambition ! vous n'avez plus de charmes !...
(*Se levant avec désespoir, à Mégabise.*)
Va ! retourne aux soldats ! qu'ils déposent les armes !
Qu'ils gardent leurs secours, puisqu'ils n'ont pu sauver
Le héros qu'à l'empire ils devaient élever !
Qu'attendrais-je aujourd'hui de leur stérile audace ?
Voudraient-ils qu'Artaban de Xercès prît la place ?
S'ils ont compté sur moi, porte-leur mes refus.
Moi vivre, moi régner lorsqu'Arbace n'est plus !
Le trône, je le hais ! le jour, je le déteste !
Me rejoindre à mon fils est l'espoir qui me reste !
                          (*Il retombe sur un siége.*)
(*Se relevant avec fureur.*)
Moi, mourir sans vengeance !.. à ce mot, dans mon cœur,
Je sens au désespoir succéder la fureur !
Je cède à ses transports !
                    (*A Mégabise.*)
          Seconde mon audace !
Je veux de nos tyrans exterminer la race !
De son libérateur le lâche meurtrier
A la mort qui l'attend va s'offrir le premier !
Dès que par le pontife à l'autel amenée,
La victime, y prenant la coupe empoisonnée,
Au tombeau rejoindra Xercès et Nicanor ;
Immolons à la fois tout ce qui reste encor
De ce sang odieux et proscrit par ma rage !
Alors, si je ne puis jouir de mon ouvrage,
De mon ambition si je n'obtiens le prix,
Je mourrai satisfait ; j'aurai vengé mon fils !
(*Le rideau du fond s'ouvre ; on voit le temple richement éclairé ; on y re-*
marque l'autel où brille l'image du soleil ; il est entouré de mages et de prê-
tresses. La coupe sacrée est sur l'autel.)
(*Regardant au fond.*)
Tranquille en ce palais, son assassin respire !
Il vient !... ah ! quelle horreur sa présence m'inspire !

Il marche vers l'autel ! ses gardes, ses soldats,
Du courroux d'Artaban ne le sauveront pas !
De mages entouré, le perfide s'avance !
Sors ! voici le moment marqué pour la vengeance !

(Mégabise sort.)

(Les satrapes et les chefs de l'armée entrent les premiers. Ils se rangent des deux côtés du théâtre. Ils sont suivis des mages et du grand pontife, qui prend sur l'autel la coupe sacrée. Artaxerce, revêtu du manteau royal et le diadème au front, entre le dernier et s'arrête au milieu du théâtre.)

SCÈNE III.

ARTAXERCE, ARTABAN, LE GRAND-PONTIFE, SATRAPES, MAGES, PRÊTRESSES, GARDES, SOLDATS, PEUPLE.

ARTAXERCE.

Peuple ! du roi des rois le sang est répandu.
Par un crime au tombeau Xercès est descendu.
Vous pleurez votre maître, et je pleure mon père !
Alors qu'un sacrifice a calmé sa colère,
Alors qu'avec douleur, en ce jour solennel,
J'attache sur mon front le bandeau paternel,
Il m'est bien doux de voir les vrais appuis du trône
S'empresser de bénir le dieu qui me couronne.
Puissé-je, loin de vous et loin de ce palais,
Voir l'affreuse discorde exilée à jamais !
Au gré de mes désirs, puisse l'Asie entière,
Dans un roi tout-puissant, ne voir qu'un tendre père !
Ami de la justice et de la vérité,
Je n'abuserai point de mon autorité.
Le guerrier triomphant bénira mon empire.
La gloire de mon peuple est le but où j'aspire.
Son bonheur est le mien ! et je jure, à la fois,
La paix de l'innocence et le maintien des lois !

(Prenant la coupe que le pontife lui présente.)

Ciel ! reçois mon serment !

(Il va pour la boire.)

ARTABAN, à part.

Il est mort !

(On entend un grand bruit au fond.)

SCÈNE IV.

LES MÊMES, CLÉONIDE, GARDES.

CLÉONIDE, accourant dans le plus grand désordre.

Quelle audace !

ARTAXERCE.

Cléonide !

(Il rend la coupe au pontife.)

CLÉONIDE.

O mon roi ! d'horreur mon sang se glace !

ARTAXERCE.

Achève !

CLÉONIDE.

Contre vous un peuple révolté,
Par d'indignes soldats au carnage excité,
Accourt vers ce palais ; et, tout à sa colère,
Vient unir votre sang au sang de votre père.
Je parais !... sur mes pas vos fidèles guerriers
Contre les factieux s'avancent les premiers !
La révolte s'apaise, et la foule pressée
A mon aspect recule et s'enfuit dispersée.
J'accours, impatient d'annoncer à mon roi
Que le calme renaît et succède à l'effroi.
Mais ce calme fatal, précurseur de l'orage,
Est pour vos ennemis le signal du carnage.

J'entends des cris affreux ! je vois, de toutes parts,
De la rebellion flotter les étendards !
Seigneur ! tout est perdu ! nul obstacle n'arrête.
Ce peuple d'assassins ; Arbace est à leur tête !

ARTABAN, avec un cri.

Arbace, dites-vous ?

ARTAXERCE.

Le perfide !

ARTABAN.

Il n'est plus !

ARTAXERCE.

Il respire !...

ARTABAN, stupéfait.

Mon fils ?

ARTAXERCE.

O regrets superflus !

(A Artaban.)
De ma pitié pour lui voilà donc le salaire !
Lorsque tu l'immolais aux mânes de mon père,
C'est moi qui l'ai sauvé !... je mérite mon sort.
A son libérateur il apporte la mort !
(Avec fureur.)
Eh bien ! puisqu'à ce point il trompe ma clémence,
Le traître va sentir ce que peut ma vengeance !
O dieux ! qui permettez un tel excès d'horreur,
Montrez-moi le coupable et guidez ma fureur !

(Il va pour sortir ; Mandane entre.)

SCÈNE V.

CLÉONIDE, MANDANE, ARTAXERCE, ARTABAN,
SATRAPES, MAGES, PRÊTRESSES, GARDES, SOLDATS, PEUPLE.

MANDANE, à Artaxerce.

(En entrant.)
Demeure ! c'est en vain que le crime conspire.
Demeure ! un dieu vengeur veille sur cet empire.
Il parle : tes sujets rentrent dans le devoir !

ARTAXERCE.

Mandane ! quel langage ?

MANDANE.

Écoute !

ARTABAN, à part.

O désespoir !

MANDANE.

Le poignard à la main, la menace à la bouche,
Déjà les conjurés, dans leur rage farouche,
Guidés par Mégabise, accouraient en ces lieux
Venger la mort d'Arbace... il paraît à leurs yeux !...
Il s'avance !... la foule, au carnage excitée,
Devant lui, tout à coup, s'arrête épouvantée !
   Quel zèle ! quel courage ! en ce trouble cruel,
Ce n'est plus un soldat, ce n'est plus un mortel ;
C'est un dieu, de la foudre armé pour te défendre !
Au fond de ce palais, je crois encor l'entendre
Enchaîner la révolte, et vanter tour à tour
Aux guerriers tes exploits, au peuple ton amour.
Sous les traits les plus noirs il peint la perfidie.
Il effraie, il rassure ; il menace, il supplie.

Sa voix aux factieux, muets à son aspect,
Imprime la terreur, commande le respect !
Tes assassins confus, abjurant leur audace,
Attendris, désarmés, tombent aux pieds d'Arbace !
Seul, contre le héros enflammé de courroux,
Le traître Mégabise expire sous ses coups !

(Artaxerce et Cléonide expriment leur joie ; Artaban, à part, étouffe de rage.)

ARTAXERCE.

Je reconnais Arbace ! O dieux de ma patrie !
Vous m'avez inspiré quand j'ai sauvé sa vie !
Artaxerce a pu faire à ta fidélité,
Un affront que ton cœur a si peu mérité !
Viens ! guerrier magnanime ! objet de ma tendresse !...
Ah ! courez, Cléonide ! à mes yeux qu'il paraisse !

SCÈNE VI.

CLÉONIDE, MANDANE, ARBACE, ARTAXERCE, ARTABAN, GRANDS, MAGES, PRÊTRESSES, SUITE D'ARBACE, GARDES, SOLDATS.

ARBACE, accourant, l'épée nue à la main.

Il est à tes genoux !

ARTAXERCE, le relevant.

Arbace ! lève-toi !
Viens, ami généreux, dans les bras de ton roi !...

(Ils s'embrassent avec transport.)

Ce trait seul de ton cœur atteste l'innocence !
L'assassin de mon père eût-il pris ma défense ?...
Au nom de l'amitié,

(Désignant Mandane.)

De l'amour, dis enfin

Pourquoi le fer sanglant fut trouvé dans ta main !
Achève ! et, d'un seul mot nous dévoilant le crime,
Ose ici consacrer ta gloire et mon estime !

ARBACE.

O mon roi ! s'il est vrai que ton libérateur
Ait acquis aujourd'hui quelques droits sur ton cœur,
Je t'en conjure encor, permets-moi de me taire.
Tremble d'approfondir un horrible mystère !
Pour bannir le soupçon et le doute offensant,
Ce mot doit te suffire : Arbace est innocent !

ARTAXERCE.

Jure-le !... non pour moi ; convaincu de ton zèle,
Je n'en demande pas une preuve nouvelle.
Mais, vois ici ton père, interdit à tes yeux !
Regarde tes soldats, par toi victorieux !
Arbace ! prouve enfin que tu n'es point coupable ;
Prends de ma main la coupe au crime redoutable !

(Artaxerce reprend la coupe des mains du pontife et la présente à Arbace.)

ARBACE, prenant la coupe.

Je vais te satisfaire !

MANDANE.

Il est sauvé !

ARTABAN, à part.

Grands dieux !
Si le serment s'achève, il expire à mes yeux !

ARBACE, tenant la coupe.

Oui ! mon bras fut toujours innocent ! je le jure
A mon roi qui m'écoute, à mon dieu qui m'entend !
Astre divin ! ô toi qui punis l'imposture !

Si je suis criminel, soleil ! fais à l'instant
Que cette coupe...

(Il va pour la boire.)

ARTABAN, avec feu.

Arrête !...

(Prenant la coupe sur les lèvres d'Arbace, et après l'avoir bue.)

Elle est empoisonnée !

ARBACE.

Juste ciel !...

ARTAXERCE, à Artaban.

A qui donc l'avais-tu destinée ?

ARTABAN, à Artaxerce.

A toi !

ARBACE ET MANDANE.

Dieux !

ARTAXERCE, à Mandane.

Conçois-tu son horrible dessein ?
(Désignant Artaban.)
Infortuné Xercès ! voilà ton assassin !

ARTABAN.

Je le suis !... connais-moi : je n'ai plus rien à craindre.
Ma vengeance est trompée ; il n'est plus temps de feindre.
Dans le sang de ton père, oui, ce bras s'est plongé !
Il outragea mon fils ; c'est moi qui l'ai vengé !
Arbace est innocent !... il ignora mon crime...
Il m'enleva le fer... qui frappa ma victime !...
Sa vertu... me ravit... le prix... de mes fureurs...
Triomphe ;... il m'a vaincu !... sois satisfait ;... je meurs !

(Artaban expire, soutenu par les gardes ; Arbace veut aller vers lui : la
force l'abandonne ; il tombe dans les bras d'Artaxerce.)

FIN.

Épître

A TALMA,

SUR

L'ART THÉATRAL.

Ut pictura, poësis.

Ce qu'Horace a dit de l'art poétique, s'applique
à l'art théâtral. Les grands poëtes et les grands
comédiens sont également les peintres de la nature.

Vainement au théâtre un acteur téméraire
Se flatte d'étonner, d'émouvoir et de plaire :
Si de l'amour des arts son cœur n'est enflammé ;
Si pour la scène exprès un dieu ne l'a formé ;
Si, dans son ame ardente, il n'a senti d'avance
D'un astre impérieux la secrète influence ;
Il demeure étranger à cet art enchanteur,
Dont le pouvoir divin ravit le spectateur.
Il vécut sans éclat ; il expire sans gloire,
A jamais exilé du temple de mémoire,
Où Clio, de sa main, sur le marbre imprima,
En caractères d'or, le beau nom de Talma !

O toi qui, jeune encor, de la gloire idolâtre,
Veux chausser le cothurne et briller au théâtre,
Ne vas point sur Corneille en cris te consumer,
Ni prendre pour talent l'ardeur de déclamer.
Du Roscius moderne admirateur fidèle,
Veux-tu nous rendre un jour ton maître, ton modèle ?

6

Des lieux, des temps, des mœurs observateur discret,
Devine la nature et surprends son secret.

D'un héros à nos yeux retraces-tu l'image ?
Cache toujours l'acteur ; montre le personnage.
Qu'à ta vue on s'écrie : « Oui : c'est lui ; le voilà !
« C'est OEdipe, Joad, Nicomède, Sylla ! »
De la Grèce au Jourdain, de Rome en Bithynie,
Transporte l'auditoire au gré de ton génie.
Sois habile à tracer un caractère à fond.
Terrible tour à tour, ou brillant, ou profond,
Accoutume ton ame à passer sans contrainte
De la haine à l'amour, de l'espoir à la crainte.
Le public enchanté, ne reconnaissant plus
Manlius dans Richard, Hamlet dans Régulus,
Abusé par ton jeu dont le pouvoir l'étonne,
Au charme qui l'entraîne à ta voix s'abandonne ;
Et, pour la vérité prenant tes fictions,
Goûte un plaisir réel en ses illusions.

Faible et novice encor, cherche au fond de ton ame
Ce feu pur et sacré que le bon goût réclame.
Sublime sans effort, naturel avec art,
Sache régler ta voix, ton maintien, ton regard.
Passe, en changeant de ton, de visage et de geste,
De la bonté d'Auguste à la fureur d'Oreste.
Ton talent varié charme les spectateurs.
Le parterre est pour toi rempli d'admirateurs.

En cherchant dans sa tête un accent doux et tendre,
Mais si flûté, si bas qu'à peine on peut l'entendre,
A pleurer avec lui tel croit nous inviter ;
Erreur : c'est un écueil que tu dois éviter.

Tel, dont la voix toujours devance la pensée,
Donnant un libre essor à sa fougue insensée,

Précipitant les vers afin d'être applaudi,
Fatigue sans pitié l'auditoire assourdi ;
Et par ses cris aigus, pensant faire merveille,
Pour émouvoir le cœur, assassine l'oreille.

Jadis, sans consulter ni les temps ni les lieux,
La tragédie informe à nos simples aïeux
Ne craignit point d'offrir, déguisés au théâtre,
En jabot Polyeucte, en paniers Cléopâtre.
Cinna, César, Pompée, à nos mœurs assortis,
En chevaliers français parurent travestis.

Lekain fut le premier qui de cette coutume
Purgea la scène antique, et régla le costume.
De cet ordre nouveau bientôt Paris charmé
Vit Gengis en Tartare, en Chinoise Idamé.
Empressés d'imiter l'exemple d'un tel maître,
Monvel, Saint-Prix, Larive alors firent paraître
Zamore en Indien, en Espagnol Gusman,
Achille sous le casque, Orosmane en turban.

Enfin Talma parut ; et son art, sur la scène,
D'un éclat inconnu fit briller Melpomène.
Au faîte de la gloire à sa voix élevé,
Le théâtre par lui du chaos fut sauvé.
Des mœurs, de la nature un peintre si fidèle
Aux Lekains à venir servira de modèle.

Oui, Talma ! pour le vrai ton goût sûr, excellent,
Élevait ta pensée et doublait ton talent !
De ton jeu si profond l'éloquence divine
Prêtait un nouveau charme à Corneille, à Racine.
De leur puissant génie atteignant la hauteur,
Ton ame s'échauffait à leur feu créateur.
Tu savais, en prenant leur ton, leur caractère,
Embellir Crébillon, Rotrou, Ducis, Voltaire ;

Et, rehaussant leur gloire à notre œil enchanté,
Vivant, tu partageais leur immortalité !...

 Vivant !... Est-il donc vrai ? la tombe te dévore ?
Non !... pour moi, cher Talma ! tu respires encore !
Tu me parles ; j'écoute ; et tes divins accens
D'un charme irrésistible enivrent tous mes sens !
C'est toi ! c'est ton génie ! il m'échauffe ! il m'inspire !
Ta voix guide ma voix ! ta main monte ma lyre !
Plus terrible et plus fier, un Artaban nouveau,
Tout armé, se présente et sort de ton cerveau !
Je le vois, égaré, teint du sang de son maître,
Farouche, l'œil en feu, sous tes traits apparaître !...

 Cruelle illusion ! ô trop justes douleurs !
Je vois Thalie en deuil et Melpomène en pleurs !
Je vois Paris entier, de l'artiste célèbre,
Interdit, consterné, suivre le char funèbre !
O perte irréparable ! ô regrets superflus !
On répète partout ce cri : « Talma n'est plus * ! »
Couvrons de fleurs sa tombe, et rendons à sa cendre
Les larmes qu'au théâtre il nous faisait répandre.

FIN.

* Dans les principales villes de la France et de l'Europe (à Paris,
à Rouen, à Bruxelles), on a vu le peuple célébrer, et les artistes
dramatiques porter le deuil du Roscius moderne.

Nota. C'est à Talma que je dois les principales améliorations de
mon nouvel *Artaxerce*. Fier d'avoir écouté ses avis, je rends, avec
douleur, à mon sage conseiller qui n'est plus, un hommage que
j'aurais adressé avec plaisir à mon sublime interprète.

Je saisis cette occasion pour témoigner à MM. les comédiens français la reconnaissance que je dois à leur zèle et à leurs talens. Je me
plais à rendre justice à M. Desmousseaux, qui a si bien approfondi
le rôle d'Artaban, et à mademoiselle Bourgoin, qui, en gardant son
rôle de Mandane, a conservé à ma tragédie un de ses plus beaux
ornemens.

www.ingramcontent.com/pod-product-compliance
Ingram Content Group UK Ltd.
Pitfield, Milton Keynes, MK11 3LW, UK
UKHW022113070726
13613UKWH00003B/1042